Thomas Brezina

Pssst! Unser Geheimnis

Nervensägenalarm!

Band 12

Thomas Brezina

Pssst! Unser Geheimnis
Band 12

NERVENSÄGEN-ALARM!

Mit Illustrationen von Rolf Bunse

Ravensburger Buchverlag

Bibliografische Information der Deutschen Nationalbibliothek:

Die Deutsche Nationalbibliothek verzeichnet diese Publikation
in der Deutschen Nationalbibliografie.
Detaillierte bibliografische Daten sind im Internet
über **http://dnb.d-nb.de** abrufbar.

1 2 3 11 10 09

Die Erstausgabe erschien 2002
beim Ravensburger Buchverlag
unter dem Titel
„Pssst! Unser Geheimnis – Die Klavierquälerin“

Umschlaggestaltung: Sabine Reddig
unter Verwendung einer Illustration
von Annabelle von Sperber
Innenillustrationen: Rolf Bunse

Printed in Germany

ISBN 978-3-473-47425-7

www.ravensburger.de
www.thomasbrezina.com

Halli, hallo – ich bin Bix Taler.

Ich habe einen UNmöglichen kleinen Bruder und eine etwas seltsame – aber liebe – Mutter.

ich

Mama

der Unaussprechliche

<u>Was ich nicht mag</u>: Streit; Spinat; rechthaberische, dumme, alberne, aufdringliche Jungs; zu enge Tops und kaputte Strümpfe.

<u>Was ich mag</u>: Mama; Ben (Mamas Freund); ein bisschen auch Felix, meinen Bruder; Dick+Doof, meine Kaninchen; Spaghetti – davon viel! Rotkohl; Lasagne; Schokopudding; Eis …

<u>Was ich besonders mag</u>: meine allerbesten Freundinnen

Krissi + Vanessa

Ulknudel, mitfühlend, meistens zuverlässig

Supersportlich, superzuverlässig, beneidenswert schlank

CIAO!

HAALLLOOOOOO!

Persönliche Daten

Name: Vanessa Reininghaus
Größe: 158 cm
Augenfarbe: braun
Besondere Kennzeichen:
Haare – sehr kurz

Freundinnen

„nur 2" – zählen wie
2000

Bix: absolut romantisch, lieb, hat immer Verständnis, sollte mehr Sport machen!

Krissi: absolut gut drauf – immer (fast immer – wenn nicht, sind wir für sie da)

Freizeitaktivitäten

Sport – Karate
Chem. Experimente
Meine Freundinnen

Zuständigkeiten

Schule
Schwestern:
Wanda Reininghaus
Susanna Reininghaus
Sonntags – spülen
Ordnung halten (ächz)

Leidenschaften

5 Sittiche
Reisen
Karate
Chem. Experimente
Flippige Mode

Vanessa

Heydiho,

Promifoto

Krissi Kiska:

intelligent, schön, prominent, humorvoll

Hobbys: 8erbahn fahren ohne Ende,
Abenteuer und Spaß haben

und

Freundinnen

Vanessa
die Karatetigertodeskralle,
supertoller Kumpel.

Bix
supertoller Kumpel,
könnte aber auch als
Butterblume auf einer
Almwiese stehen.

HO-HO

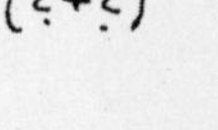

PS: 2 Katzen (Donald + Daisy), 1 Hund (Amadeus),
1 Mutter (Mam), 1 Vater (Paps), 2 Brüder (?+?)
ach ja: Caesar + Antonius

Hallo ihr kleinen Biester,

mein Name ist Alexa und ich bin die absolut wunderschönste Kröte der Welt. Und wenn ich sage Kröte, meine ich auch Kröte!

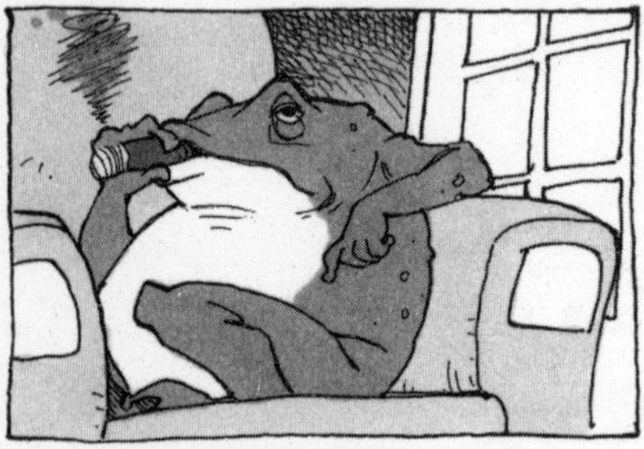

Beweisfoto

Was ich großartig finde:

- dicke Zigarren
- Kartoffelchips, je fettiger, je lieber (rülps)
- diese dämlichen Gören Fetti, Deppi und Fretti herumzukommandieren

Na, erraten, wen ich damit meine?!

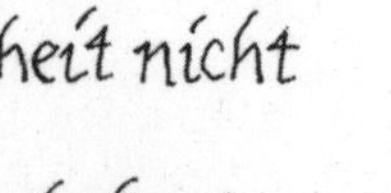

Was mich wild macht:

- wenn die 3 Mädels nicht tun, was ich ihnen sage (dann setzt es Pickel!)
- wenn man meine wahre Schönheit nicht erkennt

In Wirklichkeit bin ich ja das zauberhafteste, elfenhafteste Mädchen der ganzen Welt.

Eine Krötenprinzessin sozusagen.
Aber das ist eine lange Geschichte ...

Hallihallo Freunde des Fremdschämens,

ich muss hier mal was loswerden:
Meine beste Freundin ist eine unmusikalische Nervensäge!

So, jetzt ist es raus! Das Allerschlimmste daran ist, dass sie neuerdings Klavier „spielt" und für ihr Geklimper auch noch gelobt werden will.
Soll ich sie etwa anlügen?
Mir bluten schon die Ohren. Autsch!

Eure Bix, die bald ohne Trommelfell und Freundin auskommen muss.

(Meine arme, arme Freundin)

Geheimbotschaften

Die sieben Geheimbotschaften, die sich Krissi, Bix und Vanessa in dieser Geschichte schreiben, findest du in dem Umschlag vorn im Buch.

Im ersten Augenblick glaubst du vielleicht, es seien aus Versehen Zeitungsartikel in den Umschlag gekommen. Wenn du aber genauer hinsiehst, entdeckst du unter manchen Buchstaben feine Punkte. Lese diese Buchstaben nacheinander, dann verstehst du die Botschaft.

Hier ein Beispiel:

> Schulrat Dr. Ludger Xaverius empfahl dringend, den Schülerinnen und Schülern mindestens drei Wochen Ferien pro Jahr zusätzlich zu gewähren.

Kannst du die Botschaft lesen?
Richtig! Sie lautet: *Alexa frisst Chips.*

Wenn du selbst eine Botschaft verschicken willst, kannst du statt der Punkte unter den entsprechenden Buchstaben auch mit einer Nadel feine Löcher stechen. Diese sieht man nur, wenn man das Blatt gegen das Licht hält. Da kommt sicher niemand dahinter.

Armes, verstörtes
Klavier

Kleiner Mann im Ohr gesucht

Hallotschi!

Nein, das klingt doof!

Haudi! Nein, das schreibt man anders.

Ich glaube Howdy. Sieht irgendwie komisch aus.

Nächster Versuch: Aloha! So begrüßt man sich auf Hawaii. Leider war ich noch nie dort, aber ich habe ein Poster in meinem Zimmer, das Windsurfer vor Hawaii zeigt. Darunter steht ALOHA AUF HAWAII.

Nach Hawaii würde ich gerne einmal reisen. Aber wie es aussieht, können wir uns einen so teuren Flug bestimmt erst leisten, wenn ich alt und grau bin.

Letzte Woche hat der Sturm bei uns ein paar Dachschindeln weggerissen, und ich hatte daraufhin ein Duschbett.

Ach, noch nie etwas von einem sogenannten Duschbett gehört?

Mein Duschbett

Das ist ein Bett, auf das von oben Wasser rinnt. Beim Schlafen wird man gleich geduscht.

Mama war nicht zum Lachen zumute, als ich sie in der Nacht geweckt habe. Sie hat tief geseufzt. Wahrscheinlich ahnte sie schon, was das Loch im Dach bedeutete. Am nächsten Tag rief sie den Dachdecker. Der Dachdecker kletterte auf das Dach und wenig später hörten wir einen lauten Schrei.

Geschrien hatte der Dachdecker, weil das Monster, das sich mein kleiner Bruder nennt, ihm die lange Leiter weggenommen hatte, sodass er nicht mehr herunterkonnte. Nachdem wir die Leiter zurückgestellt hatten, kletterte er vom Dach, kratzte sich ausgiebig am Rücken, nahm seine Kappe ab, wischte sich über die Halbglatze und sagte schließlich: „Meine Dame, wie bringe ich es Ihnen schonend bei?"

Ich dachte, ich muss Mama von hinten stützen, weil sie gleich in Ohnmacht fällt. Ihre schlimmste Befürchtung ist nun wahr geworden. Unser ganzes Dach muss neu gedeckt werden!

„Wo soll ich das Geld nur hernehmen?", jammerte Mama.

Mein Vorschlag kam wie aus der Pistole geschossen: „Verkaufen wir Felix!"

Das hätte ich besser nicht sagen sollen. Mama wurde fuchsteufelswild und hielt mir einen langen Vortrag darüber, dass sie das gar nicht lustig finde und schon genug um die Ohren habe.

Das mit dem „Felix verkaufen" ist mir nur so herausgerutscht. Und überhaupt: Viel mehr als eine Reise nach Hawaii wünsche ich mir einen

Natürlich nur ein Wunschbild

kleinen Mann, der in meinem Ohr sitzt und mir einflüstert, was ich sagen soll.

Ich meine, was im Augenblick gerade das *Richtige* ist. Damit habe ich nämlich so meine Probleme.

Nehmen wir Vanessas Pickel als Beispiel.

Vanessa ist meine beste Freundin. Sie teilt sich diesen Platz mit Krissi. Wir drei wohnen alle in der gleichen Straße. Krissi und Vanessa sind sogar Nachbarn. Unser Haus steht genau gegenüber auf der anderen Straßenseite.

Vor ein paar Wochen hatte Vanessa einen richtig schlimmen Pickel am Kinn. Das Ding war groß und leuchtete wie die Nase von Rudolf, dem Rentier. Es war einer dieser Magnet-Pickel, auf die man die ganze Zeit wie gebannt starren muss. Man kann gar nicht anders. Der Pickel zieht wie ein Magnet die Blicke an. Krissi ging es übrigens nicht anders als mir.

Vanessa hat natürlich bemerkt, dass wir sie angeglotzt haben.

„Ist es der Pickel?“, fragte sie.

Krissi und ich haben sofort so getan, als wäre es gar nichts. Höchstens ein kleiner Fliegendreck oder so.

„Sieht man ihn stark?“, wollte Vanessa von uns wissen.

Wir haben die Köpfe geschüttelt, mit den Schultern gezuckt und ganz lässig geantwortet: „Ach was, fällt kaum auf.“

Vanessa ist auf die Toilette gegangen und ganz wütend zurückgekommen. Die Hände in die Seite gestemmt hat sie geschimpft: „Schöne Freundinnen seid ihr! Wieso lügt ihr mich an? Das Ding leuchtet wie eine Ampel!“

Krissi und ich haben uns angesehen und wa-

Undank ist der Freundschaft Lohn

ren halb zerknirscht und halb beleidigt. Wir wollten Vanessa doch nur etwas Nettes sagen. Klar hätten wir auch sagen können: „He, was ist das für eine eitrige Beule da an deinem Kinn? Schlüpfen da bald Spinnen heraus?“

Wäre das besser gewesen?

Das war jedenfalls so eine Gelegenheit, bei der ich mir den kleinen Mann im Ohr gewünscht hätte.

Vanessa, Krissi und ich sind allerbeste Freundinnen und verbringen jede freie Minute miteinander. Das hängt auch mit unserem Geheimnis zusammen. Wir drei wissen etwas, was außer uns keiner weiß. Wir drei tun Dinge, die sonst niemand tut. Wir drei haben eine Bekannte, die außer uns niemand besucht.

Doch plötzlich war es mit unserer Freundschaft aus. Und es war nur Vanessas Schuld. Ich habe ihr die Wahrheit gesagt und wieder einmal war es falsch. Dadurch ist alles nur noch schlimmer geworden.

Etwas habe ich noch nicht erzählt: Wir drei beherrschen viele Geheimschriften und verwenden fast jede Woche eine neue. Von meinem Zimmer kann ich über die Straße zu Krissis Zimmer sehen. Wir haben einen Draht gespannt, über den wir uns Geheimbotschaften zukommen lassen.

Von Krissis Flur im Oberstock führt ein dicker Schlauch zu Vanessas Fenster im Nachbarhaus. Mithilfe eines Blasebalgs pusten sich die beiden ihre geheimen Nachrichten zu.

Vanessa hat den Spitznamen „Grübel". Von uns dreien redet Krissi am meisten (ich glaube, sie muss nur zweimal am Tag Luft holen), auf Platz zwei komme ich und auf Platz zehn Vanessa. Sie denkt immer lange nach, bevor sie etwas sagt.

Auf einmal aber hat Vanessa noch mehr und noch länger zu grübeln begonnen. Sie ist zwar mit uns zur Schule und wieder nach Hause gegangen, sie hat jedoch kaum noch ein Wort gesagt.

Als es Krissi und mir aufgefallen ist, haben wir sie gefragt, ob etwas mit ihr nicht stimmt. Vanessa hat energisch den Kopf geschüttelt und Nein gesagt.

Hm, es war allerdings so ein Nein, das man nicht glaubt.

Wir drei machen viel gemeinsam. Meistens hängen wir bei einer von uns herum und dann quatschen wir einfach. Manchmal spielen wir Federball in Krissis Garten oder Softball bei Vanessa. Wir machen zudem Hausaufgaben gemeinsam, und am Samstag gibt es oft großes Popcornmampfen vor der Glotze und ab und zu eine Schlafsackparty.

An einem Samstag schrillte in meinem Zimmer das Glöckchen neben dem Fenster. So ein Glöckchen befindet sich auch in Krissis Zimmer. Beide sind durch einen straffen Draht verbunden. Wir müssen nur zupfen und schon

Eine unserer Samstagssitzungen

klingelt es. Das ist dann das Zeichen, dass eine Geheimbotschaft kommt. Diesmal hat Krissi mir Folgendes geschrieben:

Geheimbotschaft Nr. 1, vorn im Umschlag

Ben weiß Rat

Krissi stand an ihrem Fenster und hob fragend die Schultern. Ich verstand aber nicht, was sie meinte.

Vielleicht muss ich dazu sagen, dass wir drei uns vor allem wegen unserer Topsecret-Aufträge Geheimbotschaften schreiben.

Das ist so: In unserer Stadt wirkt alles sehr normal. Fast schon stinknormal. Die Häuser sind nicht zu hoch, nicht zu alt und nicht zu neu, nicht zu bunt und nicht zu grau. Die Leute sind genauso, und meine Cousine Antonia hat unsere Stadt einmal „Ödloch an der Langweil" genannt.

Keiner ahnt jedoch, dass tief in der Erde riesige Kristalle stecken, die auf die geheimnisvollsten Wesen der Welt magische Anziehungskraft haben. Die Strahlen der Kristalle machen es also möglich, dass in unserer Stadt Vampire,

Werwölfe, Monster und Außerirdische wohnen. Niemand außer uns weiß davon. Die Wesen sind nämlich gut getarnt und haben stinknormale Berufe wie Bäcker, Polizist, Verkäuferin oder Postbote.

Wieso wir davon wissen? Weil wir mit unserer Klasse einmal einen Ausflug ins Rathaus gemacht haben. Krissi, Vanessa und ich hatten zu viel Cola getrunken, und suchten deshalb ganz dringend die Toilette. Dabei gerieten wir in den Keller und auf einmal standen wir vor einer Backsteinwand.

Die Backsteine begannen sich plötzlich zu verformen und eine lila Tür tauchte auf. Dahinter befand sich ein altes Gewölbe, das voll gestopft war wie eine Rumpelkammer. Mitten in dem Gerümpel hockte eine fette, riesige Kröte, die bestimmt die Größe von Krissis Spaniel Amadeus hatte.

Sie kann sprechen. (Nicht Krissi, sondern die Kröte!)

Sie raucht Zigarren.

Sie frisst tütenweise Chips und sie hat sogar einen Namen: Alexa.

Ihre Aufgabe ist es, die Monster und Spukgestalten unserer Stadt unter Kontrolle zu halten.

Niemand darf je von ihnen erfahren, und natürlich sollen diese Ungeheuer in unserer Stadt auch keinen Mist bauen.

Alexa erfüllt diese Aufgabe schon sehr lange und brauchte Unterstützung. Dafür hat sie uns ausgewählt.

Seither sind wir für sie im Einsatz. Natürlich darf davon keiner wissen, und da wir alle neugierige Geschwister haben, schreiben wir uns Botschaften in Geheimschrift. Selbst wenn die Zettel in falsche Hände fallen, kann nichts geschehen.

Ich dachte daher auch bei Krissis Brief, dass es sich bei „Langweiler-Wanzen“ um neue Ungeheuer handeln könnte. Vielleicht bissen sie und machten aus Leuten die totalen Langweiler. (Ups, wenn das so ist, müssen die Langweiler-Wanzen bei unseren Lehrern schon ziemlich gewütet haben. Nicht verraten, dass ich das gesagt habe.)

Weil mir das Briefschreiben zu viel war, habe ich Krissi angerufen.

„Was meinst du denn mit LW?“, wollte ich wissen.

„L-Was?“ Sie hatte meinen Code nicht verstanden.

„Na, du weißt schon. Laaaaaa…“, versuchte ich ihr auf die Sprünge zu helfen.

„Bist du beim Arzt, dass du Aaaaa machen musst?“, fragte Krissi.

„Was du gerade geschrieben hast!“, sagte ich ungeduldig. „Was meinst du damit?“

„Ach, das!“ Endlich hatte sie kapiert. „Es geht um Vanessa. Die muss von so einem Vieh gebissen worden sein. Zurzeit spinnt sie nämlich total.“

Aha, doch kein neuer Auftrag von Alexa! Wir verabredeten uns zu einer Runde Fahrradfahren. Während wir gemütlich nebeneinander herradelten, erzählte Krissi, was geschehen war.

„Ich wollte euch beide zum Grillen und zum anschließenden Fernsehen einladen. Denn heute Abend kommt dieser Film mit den Alienjägern, die immer schwarze Sonnenbrillen tragen. Den hätten wir uns doch mal gemeinsam angucken können.“

„Und? Was sprach dagegen?“

„Vanessa sagt, sie kann nicht. Morgen hat sie auch keine Zeit. Und ab nächster Woche fallen bei ihr alle Nachmittage flach.“

Das klang wirklich seltsam. „Karate hat sie

doch nur zweimal die Woche. Die restlichen Nachmittage sind frei."

Krissi schnaubte ärgerlich. „Vanessa will wohl nichts mehr mit uns zu tun haben. Wir sind ihr nicht gut genug."

Ich sagte erst einmal nichts. Ehrlich gesagt ist Krissi ein ganz klein wenig mehr meine Freundin als Vanessa. Trotzdem konnte ich nicht glauben, dass Vanessa plötzlich etwas gegen uns hatte.

Wir kurvten durch die ruhigen Gassen unseres Viertels, in dem es nur Häuser mit Gärten

Krissi und ich auf Quatsch-Tour

gibt. Aus einigen kam der Geruch von frisch gegrillten Würstchen. Ich wurde hungrig.

„Hallo, Bix!“ Aus einem Garten winkte uns jemand zu. Wir bremsten, denn es war Ben.

Ben ist schwer in Ordnung. Ich mag ihn wirklich. Sein Gesicht strahlt immer und er hat ein Lächeln, das richtig fröhlich macht. Vielleicht wird Ben bald einmal mein neuer Vater.

Mein richtiger Vater lebt nicht mehr. Er hatte einen Unfall mit dem Motorrad. Seither kümmert sich Mama allein um Felix und mich. Es ist nicht immer ganz einfach, denn unser Haus ist teuer und Mama verdient nicht sehr viel, obwohl sie lange arbeitet.

„Wie wär’s mit Limo?“, bot Ben an.

Ich sah zu Krissi. Die nickte.

Ben besitzt nur ein Gartenhaus, in dem er das ganze Jahr über wohnt. Er hat einen Hund, der wie ein Bettvorleger auf vier Pfoten aussieht und auf den Namen Rambo hört.

Wir folgten ihm zum Platz vor dem Häuschen, und er deutete einladend auf die Stühle. Auf dem Tisch lag sein Zeichenblock, auf den er mehrere Hasen gezeichnet hatte. Manche hat-

BEN

ten große, runde Augen, andere ein abgeknicktes Ohr, manche einen riesigen Kopf und einen kleinen Körper, aber alle sahen niedlich aus.

Als Ben mit einer Limoflasche aus dem Haus trat und unsere neugierigen Blicke bemerkte, erklärte er: „Das soll das Maskottchen einer Firma werden, die Bettzeug verkauft." Er ist Grafiker und zeichnet ständig Schriftzüge und Figuren.

„Ist irgendetwas mit euch los?", fragte er über den Rand seines Glases hinweg, während wir tranken. Ben hat da einen sechsten Sinn. Er spürt so etwas immer. Weil auch Krissi ihn mag, erzählten wir ihm von Vanessa. Aufmerksam hörte Ben uns zu. Er unterbrach uns kein einziges Mal.

„Soll ich euch einen Rat geben?", fragte er, als wir fertig waren.

Klar sollte er das.

„Fragt Vanessa einfach. Reimt euch keine Horrorgeschichten zusammen, sondern sprecht sie darauf an, ob sie wirklich nicht mehr mit euch befreundet sein will."

Ich schlug auf den Tisch und beschloss: „Das machen wir!"

Der Klavierschutzverein

Jede von uns beiden bekam von Ben ein Geschenk. Er zeichnete für uns, was wir wollten. Krissi wünschte sich einen Delfin und ich eine Vogelspinne. Ben kann eine Vogelspinne so gut zeichnen, dass sie aussieht wie echt. Die Spinne sollte in meine Schreibtischschublade. Mein Brudermonster Felix schnüffelt dort gerne herum, wenn er aber die Spinne sieht, wird er es schnell sein lassen. Er fürchtet sich schrecklich vor Spinnen.

Wir bedankten uns und fuhren heim. Nachdem wir die Räder abgestellt hatten, gingen wir zu Vanessas Haus.

Das große Auto ihres Vaters stand nicht am Straßenrand, und normalerweise bedeutete das, dass die gesamte Familie Reininghaus gerade unterwegs war.

Aus dem Haus hörten wir jedoch Klaviergeklimper.

„Wer quält da das arme Klavier?", fragte Krissi. „Ich finde, es sollte einen Klavierschutzverein geben, der sich für Klaviere einsetzt, die von unmusikalischen Tastenschlägern bearbeitet werden."

Wir klingelten, aber niemand öffnete. Das war seltsam. War vielleicht wirklich niemand daheim?

„Guter Trick", meinte Krissi mit Kennerblick. „Sie lassen vermutlich eine CD mit diesem grässlichen Geklimper laufen, um Einbrecher abzuschrecken."

Ich drückte noch einmal den Klingelknopf. Die Tür blieb zu. Das Klavier jaulte weiter.

Krissi wollte nach vorn zur großen Terrassentür gehen und einen Blick ins Wohnzimmer werfen. Ich war aber dagegen. Frau Reininghaus ist echt keine Kuschel-Mama. Manchmal denke ich, sie ist eine Porzellanpuppe: glatte Haut, eine Nase, die niemals glänzt (dabei pudert sie sich nicht ständig wie meine Mama), feine Hände und Kleidung, in die sich niemals eine Falte verirrt. Sie lacht nicht richtig laut, wie ich das tue. Krissi hat einmal behauptet, ich würde wie eine Hyäne lachen. Frau Reininghaus lacht höchstens wie eine Ameise.

Meine Mama macht tsts, wenn wir alle drei beim Essen auf einmal loslachen müssen und keine Ahnung haben, warum.

Frau Reininghaus hingegen bekommt immer in einem solchen Fall eine Falte zwischen den Augen, die aussieht, als könnte sie sich sofort in einen Blitz verwandeln.

Aus diesem Grund wollte ich nicht zur Terrassentür schleichen. Falls Frau Reininghaus doch daheim war, würde sie bestimmt wieder diese steile Falte bekommen und uns strafend ansehen. Das brauche ich gar nicht. Oh nein, vielen Dank!

Wir mussten das Gespräch mit Vanessa verschieben und gingen deshalb zu Krissi.

Immer wenn Krissi in ihr Zimmer geht, schaut sie als Erstes auf eine große Schneekugel im Regal über ihrem Bett. Es ist eine dieser Glaskugeln, die mit Wasser gefüllt sind. Wenn man sie schüttelt, sieht es aus, als ob es in ihr schneit.

In dieser Kugel hockt eine fette Kröte mit einer Zigarre im Maul. Krissi wollte sich schon wegdrehen, als wir es beide gesehen haben: Die Glut der Zigarre leuchtete immer wieder rot

Krissis Monsteralarmvorhersageschneeschüttelkugel

auf. Ich weiß, es klingt absolut unmöglich, weil die Zigarre doch unter Wasser ist. Doch die Kugel ist ein Geschenk von Alexa. Sie kann Krissi damit ein Zeichen geben, wenn wir dringend gebraucht werden.

„Monsteralarm“, schrie Krissi ein bisschen laut.

Ihr großer Bruder Antonius hatte gerade seinen Wuschelkopf zur Tür hereingesteckt.

„Meinst du etwa mich?“, fragte er gespielt beleidigt.

„Klar, wen sonst?“, gab Krissi locker zurück.

In solchen Momenten bewundere ich sie, weil man ihr nicht anmerkt, dass sie flunkert.

Antonius wollte sich nur Bleistifte von Krissi borgen, die sie ihm widerstrebend gab.

„Sind Mam und Paps nicht da?“, fragte sie ihn, bevor er wieder abzog.

„Gut, dass du mich erinnerst. Sie kommen erst spät. Sind bei dieser Gartenschau, bei der Mam mitmacht.“ Antonius streckte die Brust heraus. „Ich soll auf dich aufpassen. Das hat mir Mam ausdrücklich aufgetragen. Also hör gefälligst auf mein Kommando.“

„Ach ja?“ Krissi zog ihm die Bleistifte wieder aus der Hand. „Die bekommst du nur, wenn du jetzt Ja sagst.“

Argwöhnisch musterte Antonius uns beide.

„Nein.“

Krissi ließ die Bleistifte in ihrer Schreibtischschublade verschwinden und schloss diese ab.

„Pech!“

„He, gib sie her! Ich muss für Geometrie etwas zeichnen und brauche einen dünnen harten Stift.“

Bedauernd zuckte Krissi die Schultern.

Antonius stöhnte gequält auf. „Wie lautet die Frage?“

Die geniale Erpressung

„Darf ich bis acht Uhr wegbleiben?"

„Nein!" Antonius schüttelte energisch den Kopf. Krissi steckte demonstrativ den Schreibtischschlüssel in die Hosentasche.

„Na gut!", willigte Antonius ein und tat, als hätte er gerade sein Taschengeld für die nächsten drei Jahre hergeben müssen.

„Falls Bix' Mam anruft, sag ihr, dass wir unterwegs sind und du es erlaubt hast!", ergänzte

Krissi noch. Ich bewunderte sie wirklich sehr. So etwas brachte nur sie fertig.

Wir kennen mindestens zwanzig verschiedene Wege zum Rathaus. Um eventuelle Verfolger zu verwirren, gehen wir jedes Mal getrennt, wenn Alexa uns ruft.

Auf der Straße deutete ich mit dem Kopf zu Vanessas Haus. „Wir müssen ihr doch Bescheid sagen."

„Ich glaube, sie ist nicht da", sagte Krissi ausweichend. Ein bisschen klang es, als wollte sie Vanessa gar nicht dabeihaben.

So sind wir also nur zu zweit los. Ein Stück bin ich mit dem Rad gefahren, dann gelaufen. Krissi war vor mir im Rathaus. Als ich das Gewölbe betrat, sagte sie gerade ziemlich atemlos: „Was? Ein siebenköpfiger Drache?"

Drachenalarm!

Alexa fläzte sich auf seidenen Kissen wie ein Sultan, den Kopf in eine Pfote gestützt.

„Ich werde bald zum wilden Nasenbeißer, wenn ihr mir nicht mehr Chips bringt. Ihr seid richtige Knauser geworden“, sagte sie sehr vorwurfsvoll.

Krissi wischte den Vorwurf vom Tisch. „He, mal langsam! Du hast gerade gesagt, wir sollen uns um den siebenköpfigen Drachen kümmern, der in die Stadt kommt.“

Alexa wedelte lässig mit der Pfote. „Reg dich nicht so auf! Ist doch kein Grund.“

„Hör mal, du sagst immer, keiner darf etwas von den Ungeheuern erfahren und wir müssen schweigen wie Familiengruften. Und dann soll nichts dabei sein, wenn ein Drache mit sieben Köpfen kommt! Diese Tiere bekommst du nicht in jeder Tierhandlung.“

„Genau!“, pflichtete ich Krissi bei, um auch etwas zu sagen.

Alexa rückte sich die Kissen bequem zurecht. „Der Drache wird nicht zu erkennen sein. Er kann sich in jedes Tier der Welt verwandeln. Gerät er aber in das Strahlenfeld der Kristalle, nimmt er wieder seine normale Gestalt an“, klärte uns Alexa auf. „Wir haben schon zwei Exemplare davon. Sie leben gut versteckt und freuen sich bestimmt über einen Artgenossen.“

„Aha!“ Mehr fiel selbst der sonst so schlagfertigen Krissi nicht dazu ein.

„Aber als welches Tier kommt der Drache?“, wollte ich wissen. „Als Spatz? Als Schwalbe? Als Katze oder als Hund?“

Alexas Pfote sauste nach vorn und zeigte auf mich. „Bingo! Genau das sollt ihr herausfinden. Ich weiß nur, dass der Drache sich im Augenblick in einem kleinen Zirkus versteckt, der vor der Stadt sein Zelt aufgeschlagen hat.“

Krissi verdrehte die Augen. „Wie stellst du dir das vor, Alexa? Sollen wir zu jedem Kamel hingehen und fragen: He, du, bist du in Wirklichkeit ein Drache?“

Das machte Alexa schrecklich wütend. Sie sprang Krissi an die Brust und klammerte sich an ihrem Top fest. Richtig gezogen hat sie daran. Selbst Krissi, die in der Geisterbahn zu lachen beginnt, hat sehr erschrocken geguckt.

„Hör zu, Schätzchen, ich habe keine Lust, meine Zeit mit dämlichen Fragen zu vertun. So

Krötenalarm

ein Drache hat Hunger, und legt er los, lässt er nichts übrig. Kapiert?"

„Ja, klar", antwortete Krissi kleinlaut.

Zufrieden ließ sich Alexa zurück in die Kissen plumpsen.

„Bringt Fotos von den Viechern! Wir zeigen sie dem Spiegel."

Der Spiegel ist kein gewöhnlicher Spiegel. Er hängt in einer tiefen Nische an der Wand, und man kann sich selbst darin gar nicht sehen. Eigentlich sieht er aus wie ein Fenster. Je nach Laune sieht man in ihm blauen Himmel mit Schäfchenwolken oder Gewitterstimmung. Der Rahmen ist geschnitzt und besteht aus vielen Fratzen, die manchmal sogar mit quietschigen Stimmen sprechen und Kommentare abgeben.

Das Besondere an dem Spiegel ist, dass er das wahre Gesicht von Leuten zeigen kann. Mama hatte zum Beispiel vor Ben einen Verehrer, der wie ein ganz normaler, zuckersüß säuselnder Schleimi ausgesehen hat. In Wirklichkeit war er ein Schlangenvampir und gefährlich.

„Spätestens übermorgen seid ihr mit den Fotos wieder da", befahl Alexa.

Krissi und ich machten beide finstere Gesichter. Wir lassen uns nämlich nicht gerne so herumkommandieren.

Alexa leerte sich den letzten Rest aus einer Chipstüte ins weit aufgerissene Maul. Sie verharrte in der Bewegung und spähte zu uns. Während sie schmatzend kaute, sagte sie: „He, kein Grund zu schmollen. Ich habe selbst schon so einen Drachen ins Versteck gebracht und meine Erfahrungen gemacht. Daher will ich, dass ihr euch anstrengt." Sie winkte uns näher. „Ich verlasse mich auf euch. Ihr schafft das bestimmt."

Und dann zwinkerte sie uns sogar zu.

Nach so viel Freundlichkeit von Alexa fehlten uns beiden die Worte. Eines stand auf jeden Fall fest: Es handelte sich um einen wirklich wichtigen Auftrag.

Wir wollten gerade gehen, als Alexa uns zurückrief.

„Wieso ist die Bohnenstange nicht hergekommen?", fragte sie streng.

„Vanessa konnte nicht", antwortete Krissi ausweichend.

Alexa nahm es grummelnd zur Kenntnis.

Auf verschiedenen Wegen kehrten wir heim. Mama hatte nichts dagegen, dass ich noch bei

Krissi blieb. Felix übernachtete bei einem Freund und so hatten sie und Ben Ruhe.

Ich saß mit verschränkten Beinen auf Krissis Bett. Sie hing kopfüber an der Reckstange, die sie vor zwei Jahren zum Geburtstag bekommen hatte, und schaukelte mit im Nacken gekreuzten Armen hin und her.

„Wie kommen wir zu diesem Zirkus?“, fragte sie mich.

Ich hatte ein Plakat gesehen. Der Zirkus hieß *Fantastino* und war auf der Himmelwiese. Mit dem Fahrrad brauchten wir bestimmt über eine Stunde, und Bus und Straßenbahn würden auch nicht viel schneller sein. Morgen war Sonntag und unsere Eltern würden nie erlauben, dass wir den ganzen Tag fortblieben.

Krissi schaukelte immer höher, ließ los und sprang. Sie drehte sich in der Luft und kam in der Hocke auf dem Boden auf. Ich applaudierte. Das war wirklich gut gewesen. Krissi deutete eine kleine Verbeugung an und trat ans Fenster. Sie blickte auf die Straße hinunter und meldete: „Der Wagen von Vanessas Vater ist wieder da. Sie ist also auch zu Hause. Wir können endlich mit ihr reden.“

Krissi holte das Telefon und rief bei Vanessa

an. Frau Reininghaus war am Apparat, und sie war sehr verwundert, als Krissi nach Vanessa fragte.

„Vanessa ist doch bei dir!“

Ich hatte mein Ohr ganz dicht an den Hörer gehalten und warf Krissi einen erschrockenen Blick zu. Was jetzt? Vanessa hatte Krissi also als Ausrede benutzt, ohne es ihr zu sagen. Auch wenn sie in letzter Zeit komisch war, konnten wir sie nicht verraten.

Mit einer Hand hielt Krissi den Hörer zu und fragte mich mit wilden Grimassen, was sie sagen sollte.

Ich bin in der Theatergruppe unserer Schule. Später einmal möchte ich Schauspielerin werden. Ganz so übel bin ich nicht und uns ist das schon ein paarmal sehr zugutegekommen. Jetzt schlich ich vorsichtig zur Tür und riss diese möglichst geräuschvoll auf.

„Krissi, was ist mit Vanessa?“, fragte Frau Reininghaus im Tonfall eines Kriminalinspektors, der einen Verdächtigen verhört. Sie ist wie ein Spürhund und wittert jede Flunkerei. Ganz ehrlich, ich bin froh, dass sie nicht meine Mutter ist.

Mit einem Knall schlug ich die Tür zu und

rief laut: „Krissi? Krissi? Wo bleibst du? Vanessa und ich warten die ganze Zeit im Keller auf dich. Wir wollen doch das Kunstwerk für die Schule fertig machen. Du weißt, das ist unsere Hausaufgabe. Die Lehrerin hat gesagt, wir könnten viel dabei lernen.“

Im Geist applaudierte ich mir selbst und verbeugte mich vor einem Publikum, das leider nicht hier war. Nicht nur mein Schauspiel war ausgezeichnet gewesen, sondern auch mein Einfall. Frau Reininghaus kann man nämlich fernsteuern. Dazu braucht man keine Fernsteuerung, sondern nur ein paar Worte: Schule, Kunst, Hausaufgaben, Lernen.

Krissi atmete erleichtert auf. „Ich werde es ihr ausrichten“, schwindelte sie und legte auf. Zu mir sagte sie: „Vanessa soll spätestens um halb zehn zu Hause sein.“

Was sollten wir jetzt tun?

Geheimnisse

Zuerst machten wir uns Sorgen. Wo war Vanessa? Wieso sagte sie uns nichts? Warum die Heimlichtuerei? Wie konnten wir ihr sagen, welches Alibi wir gerade gebastelt hatten?

Je länger wir in Krissis Zimmer hockten und vor uns hinstarrten, desto größer wurde unsere Wut. Was war nur in sie gefahren?

Auf dem Flur schrillte die Glocke. Vanessa schickte uns eine Geheimbotschaft durch den Schlauch. Wir sprangen hoch und wollten beide gleichzeitig durch die Tür, was natürlich nicht ging.

Vanessa war wieder daheim und stand im Haus gegenüber an ihrem Fenster. Sie machte mit den Händen ungeduldige Bewegungen, als hätten wir etwas falsch gemacht.

Was meinte sie?

Heftig sprang sie auf den Blasebalg auf dem Boden und pustete die Nachricht durch den Schlauch.

Geheimbotschaft Nr. 2, vorn im Umschlag

Krissi und ich sahen uns erstaunt an. Wir waren doch am Nachmittag bei Alexa gewesen. In ihrem Zimmer holte Krissi die Schneekugel aus dem Regal und sog heftig die Luft ein. Die Zigarrenspitze der Kröte glühte. Alexa hatte uns wohl noch einmal gerufen, doch wir hatten es nicht bemerkt.

Und was war eine Drachenpfeife?

„Lass mich“, sagte ich zu Krissi und nahm das Telefon. Ich bekam wieder Vanessas Mutter an den Apparat.

„Wir sind doch noch gar nicht fertig mit unserem Kunstprojekt für die Schule“, jammerte ich. „Muss Vanessa echt schon heim?“

„Aber nein“, entgegnete Frau Reininghaus. „Ich habe mich eben schon gewundert, dass sie so früh nach Hause gekommen ist, obwohl ich ihr erlaubt hatte, bis halb zehn zu bleiben. Ich schicke sie euch wieder rüber. Da es sich um eine Sache für die Schule handelt, können wir auch eine Ausnahme machen. Zehn Uhr ist in Ordnung."

Ich atmete erleichtert auf und achtete darauf, dass sie es auch deutlich hörte. „Danke. Wir warten auf sie."

Drei Minuten später stand Vanessa vor der Tür. Glaubt nicht, dass sie uns dankbar war.

Nein! Sie war sogar sauer.

„Ihr wart am Nachmittag bei Alexa und habt es mir nicht gesagt!"

Das stimmte, aber es gab einen Grund.

„Du warst doch gar nicht zu Hause!", protestierte Krissi.

„Ich war den ganzen Nachmittag daheim!", wehrte sich Vanessa.

Es kostete viel Mühe, sie zu überzeugen, dass wir sie hatten abholen wollen und sogar bei ihr geklingelt hatten. Vanessa wollte kaum glauben, dass sie uns überhört haben sollte.

An diesem Abend sahen Krissi und ich uns ziemlich oft an. War es vielleicht Vanessa gewesen, die so scheußlich auf dem Klavier geklimpert hatte?

„Alexa hat uns noch mal gerufen. Der Gnom aus Bronze, den sie mir geschenkt hat, war völlig aus dem Häuschen."

V's Spuckgnom

Den Gnom kannte ich. Er war ungefähr so groß wie zwei Fäuste und schimmerte wie verstaubtes Gold. Er hatte eine riesige Knollennase und lange, spitze Ohren. Meine Mama würde über eine solche Figur sagen: Das Ding lässt die Milch sauer werden.

Und der Bronzegnom konnte sprechen. Er zischelte und schnarrte. Tat man nicht sofort, was er verlangte, begann er sogar zu spucken.

Krissi bewies wieder einmal ihre Ruhe, um die ich sie so beneide. Sie fragte doch tatsächlich: „Und wieso hast du uns nicht abgeholt?"

„Weil ich dachte, Alexa hätte euch schon längst verständigt", verteidigte sich Vanessa.

Trotzdem stimmte etwas nicht. Früher hatten wir uns immer abgesprochen und abgeklärt, wer welchen Weg nimmt. Ich fühlte mich gar nicht wohl in meiner Haut. Es war nicht mehr wie sonst. Da gab es immer noch ein starkes Band zwischen Krissi und mir, aber das Band zu Vanessa war eingerissen. Oder sogar schon durchgerissen? (Der Vergleich klingt wie aus einem kitschigen Liebesroman. Aber er trifft zu!)

„Wir dachten, du wärst weg“, beharrte Krissi. „Da du kaum noch mit uns redest, wissen wir auch fast nichts mehr von dir.“

Vanessa guckte verstört, als wüsste sie nicht, wovon Krissi redete.

„Und Zeit hast du auch keine mehr für uns“, setzte Krissi ihren Angriff fort.

„Na ja!, weil … ich …“ Vanessa überlegte, ob sie uns etwas anvertrauen sollte. „Kommt morgen am Vormittag zu mir. Meine Eltern, Susanna und Wanda sind nicht da. Ich muss euch etwas zeigen.“

Sie hatte also tatsächlich ein Geheimnis vor uns. Ich wusste nicht, was größer war: die Neugier oder der Ärger, weil sie uns etwas verheimlicht hatte.

„Und was ist diese Drachenpfeife?“, wollte Krissi wissen. Sie stellte die Frage, als wäre ihr die Antwort ziemlich gleichgültig, was natürlich nicht stimmte.

„Ach, Alexa hat mir ein Kästchen in die Hände gedrückt, in dem mindestens hundert Teile herumkullern. Es ist auch eine komplizierte Anleitung dabei. Ich soll das Ding zusammensetzen, denn man kann damit Drachen rufen. Wisst *ihr* eigentlich, wozu wir diese Pfeife brauchen?"

Wir erzählten, was uns Alexa am Nachmittag aufgetragen hatte.

„Bau das Ding so schnell wie möglich zusammen!", trieb Krissi Vanessa an.

„Ich tu, was ich kann", versprach Vanessa.

Sie experimentierte und bastelte immer gerne und gut.

Aber sie war anders. Mir gefiel das gar nicht. Ich wollte die alte Vanessa zurück.

Ich habe es auf die „Wir-sind-doch-Freundinnen-Art" versucht und ihr meinen Arm um die Schultern gelegt.

„He, Vanessa", habe ich gesagt und dabei meine Stimme klingen lassen wie die von Mama, wenn sie mir gut zuredet, etwas zu tun, was ich überhaupt nicht machen will. „Du machst alles kaputt."

Ich hatte die letzte Silbe noch nicht ausgesprochen, da wusste ich schon, dass ich das völlig Falsche gesagt hatte. Vanessa schüttelte meinen Arm ab, stand auf und ging. In der Tür drehte sie sich noch einmal um und sagte zornig und leise: „Ihr habt ja keine Ahnung."

Autsch – total falsch gemacht!

Ich wollte ihr nach und mich entschuldigen, aber Krissi hielt mich zurück.

„Die spinnt ja!“

Wir hörten die Haustür ins Schloss fallen. Mir war gar nicht wohl. Krissi sicher auch nicht, aber ihr fällt es leichter, so zu tun, als wäre ihr alles egal.

Ein paar Minuten später rief meine Mama an, um mich zum Heimkommen zu ermahnen. Ich wollte mich gerade auf den Weg machen, als Krissis Eltern eintraten.

Frau Kiska sieht oft aus, als sei sie Krissis

große Schwester. Ihr Vater ist jemand, der gern Scherze macht und ein bisschen so tut, als wäre er noch ganz jung.

„Morgen müsst ihr mitkommen und euch ansehen, was Britt für die Gartenausstellung gezaubert hat!“, rief Herr Kiska begeistert. Er drückte seine Frau an sich und schmatzte ihr einen Kuss auf den Scheitel. „Schatz, wäre ich nicht schon in dich verliebt, würde ich mich gleich wieder in dich verlieben.“

„Oscar!“ Krissis Mutter lachte verlegen.

„Ich lade dich ein, Bix“, sagte Herr Kiska zu mir. „Und Vanessa auch. Zuerst bewundert ihr Britts Gartengestaltung und danach spendiere ich Karten für den Zirkus, der nebenan sein Zelt aufgestellt hat.“

Krissi und ich horchten auf. „Ist das der Zirkus *Fantastino*?“, erkundigte sich Krissi.

Ihr Vater zog die Stirn kraus. „Hm, möglich, dass er so heißt.“

Mein blutendes Herz

Wir nickten uns zu. Das Problem, wie wir zum Zirkus kommen sollten, waren wir los.

Die komische Stimmung mit Vanessa aber, die blieb.

Leider. Ich mag das gar nicht.

Der Streit

Am Sonntag beim Frühstück löffelte ich gerade mein Frühstücksei, als ich spürte, dass Ben mich ansah.

„He, wie war das Gespräch mit eurer Freundin?", wollte er wissen.

Das hätte er mich besser nicht fragen sollen. Mama kann bei diesen Themen schrecklich neugierig sein.

„Was für ein Gespräch? Mit Krissi?"

Ich hatte keine Lust, alles zu erklären. Doch ich wusste, dass Mama nachhaken würde, bis sie alles aus mir herausbekommen hatte.

Ben kam mir zu Hilfe. „Tut mir leid, dass ich gefragt habe. Bix hat mich um Rat gefragt, allerdings unter vier Augen." Er betonte das „unter vier Augen" besonders stark und sah Mama eindringlich an.

Sie verstand und verteilte die Butter besser auf ihrem Toast, obwohl das gar nicht mehr nötig war.

Es war ein warmer Sommermorgen, und wir frühstückten auf der Terrasse hinter unserem Haus. Auf einmal kam Krissi durch den Garten und grüßte fröhlich. Ich sah ihr an, dass sie mit mir sprechen wollte. Schnell schob ich mir das letzte Stück meines Toasts in den Mund und fragte mit vollen Backen, ob ich aufstehen dürfte. Ich durfte.

Ben der Gute

Dann setzten wir uns vor dem Haus auf die Stufen.

„Gehen wir hin oder nicht?“, fragte Krissi.

„In den Zirkus? Das müssen wir doch!“

Sie schüttelte schnaubend den Kopf. „Ich meine doch zu Vanessa. Sie hat uns eingeladen. Ihre Familie ist gerade abgefahren. Vanessa ist nicht mit. Sie ist daheim.“

Ohne lange nachzudenken, sagte ich Ja.

Einen Sonntag in unserer Straße erkennt man sofort. Alles läuft gemächlicher. Jedes Auto fährt langsamer, die Leute, die ihre Hunde spazieren führen, ziehen sie nicht ungeduldig weiter, und sogar die Vögel in den Bäumen scheinen gemütlicher zu zwitschern.

Wir gingen zu Vanessas Haus, wo wir schon am Gartentor das Klaviergeklimper hörten.

Krissi blieb stehen, schüttelte den Kopf und sagte: „Hörst du das? Das Klavier schreit um Hilfe!“

Vielleicht war das ein bisschen übertrieben, aber ein klein wenig hatte Krissi auch Recht.

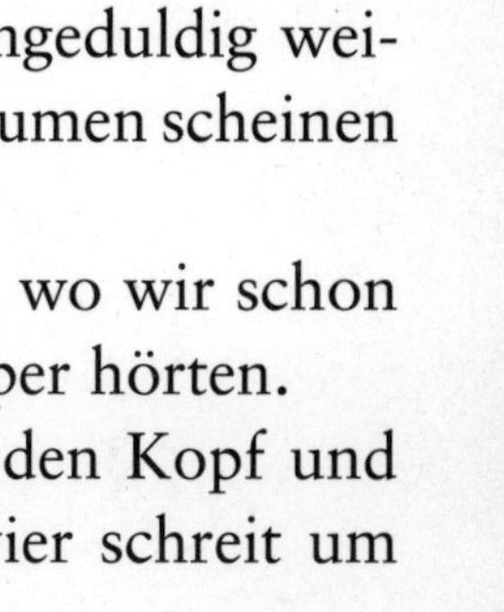

Wir klingelten und das Klavierquälen wurde unterbrochen. Als Vanessa öffnete, war sie wie immer. Sie führte uns ins Wohnzimmer, das bei den Reininghaus' ein Traum in Cremefarben ist. Man hat schon Angst, die ausladenden Sofas könnten Flecken bekommen, wenn man sie nur lange anguckt.

„Es geht jeden Tag besser", erklärte Vanessa strahlend und ließ sich auf den Klavierhocker sinken. Wir standen noch immer ratlos herum. Sie bedeutete uns ungeduldig, dass wir uns setzen sollten.

Ganz steif ließen wir uns auf der Sofakante nieder.

Seit wann spielte Vanessa Klavier? Ihre kleine Schwester Wanda spielt Klavier und ihre große Schwester Susanna ebenfalls. Das wusste ich. Vanessa aber hatte immer erklärt, sie fände Klavierspielen nur nervend.

„Hört euch das an. Das habe ich in der letzten Woche gelernt. Der Klavierlehrer sagt, ich sei ein wirklich großes Talent."

Krissi und ich wechselten hinter ihrem Rücken einen fragenden Blick.

Vanessa blickte in die aufgeschlagenen Noten, sah suchend über die Tasten, legte die Finger darauf, warf noch einmal einen Blick in die Noten und begann dann zu spielen.

Ich war jetzt sehr freundlich, weil ich „spielen“ gesagt habe. Wie soll ich es sonst ausdrücken? Vanessa drückte Tasten nieder. Es waren nur selten die richtigen. Sie versuchte mit beiden Händen zu spielen, obwohl das das Schwierigste ist. Die Töne, die sie gleichzeitig anschlug, passten fast nie zusammen. Ich hatte keine Ahnung, was sie uns vorspielen wollte. Bestimmt konnte man mit dieser Musik Mäuse verjagen, Nachbarn quälen oder Gläser zum Zerspringen bringen. Sonst aber nichts.

Krissi hielt sich die Ohren zu. Ich hätte es auch gern getan, denn Vanessa schlug heftig auf die Tasten ein und wir saßen ziemlich nahe am Klavier, aber ich traute mich nicht. Wenn sie uns so sah, würde sie bestimmt sehr wütend werden.

Vanessa ist viel ernster als Krissi und ich. Sie mag es nicht, wenn sie sehr gelobt wird. Das macht sie nur verlegen. Während Krissi und ich immer über alles stundenlang quasseln, was wir tun, ist Vanessa ganz anders: Sie tut es einfach, und lange nachher erzählt sie ganz beiläufig, dass sie zum Beispiel in Karate schon wieder einen neuen Gürtel gemacht hat. Sie tut so, als wäre es nichts Besonderes.

Ich hatte keine Ahnung, warum sie das Klavier so schaurig quälte. Als sie fertig war, riss ich Krissi die Hände von den Ohren. Vanessa drehte sich auf dem Hocker zu uns um und sah uns erwartungsvoll an.

Das war absolut ungewöhnlich. Sie erwartete sonst nie, bewundert zu werden. Dabei schaffte sie wirklich die tollsten Sachen.

Nach dieser Klavier-Folter aber wollte sie ganz eindeutig von uns etwas hören. Etwas Nettes. Ich konnte das an ihrem Gesicht erkennen. Da Krissi und ich sprachlos waren, wurde sie richtig ungeduldig und ärgerlich.

„Ist doch schon gut. Nach nur drei Klavierstunden. Weil ich so große Fortschritte mache, bekomme ich ab nun drei Klavierstunden pro Woche. Montag, Mittwoch und Freitag. Und vielleicht gebe ich auch am Donnerstag Karate auf, damit ich noch eine vierte Klavierstunde nehmen kann."

Wir starrten sie beide an. Krissi mit offenem Mund, ich mit geschlossenem.

„Thorsten, mein Klavierlehrer, hat Mam gesagt, sie muss mein Talent unbedingt fördern."

„Hat er dich schon einmal spielen gehört?",
rutschte es Krissi heraus.

Ein Bild unserer Qual

Das ist kein Talent – das ist ein trauriges SCHICKSAL!

Vanessa fuhr in die Höhe. „Was meinst du damit?"

Geschwind sagte ich etwas, damit es keinen Streit gab. „Wie heißt das, was du uns gerade vorgespielt hast? Ist das etwas Modernes?"

Vanessa blickte mich an, als wäre ich nicht normal. „Das war ‚Komm, lieber Mai, und mache'. Das haben wir doch in der ersten Klasse gelernt."

Ja, das hatten wir. Doch es hatte völlig anders geklungen.

„Findet ihr nicht auch, dass ich schon richtig gut spiele? Es sind immerhin nur drei Klavierstunden!"

Beifall heischend blickte Vanessa von Krissi zu mir und wieder zurück.

Da fiel mir die Geschichte mit dem Pickel ein. Als wir ihr damals versichert hatten, dass ihn keiner sehe, war es ihr nicht recht gewesen. Damals hatte sie von uns die Wahrheit verlangt. Deshalb mussten wir ihr auch jetzt die Wahrheit sagen.

Ehrlich gesagt, ich habe es nicht herausgebracht. Ich schaffe das einfach nicht. Krissi schon.

„Vanessa, du bist wirklich schwer in Ordnung, aber mir tut das Klavier leid“, sagte sie.

Ihr hättet die zornige Falte sehen sollen, die zwischen Vanessas Augen aufgetaucht ist. Diese Falte hatte sie wohl von ihrer Mutter geerbt.

„Was willst du mir damit sagen?“ Vanessa fauchte.

„Es klingt einfach schaurig, wie du spielst, und das ist die Wahrheit!“

Einen Augenblick dachte ich, Vanessa würde sich auf Krissi stürzen und ihr einen ihrer Karateschläge verpassen. Sie bremste sich dann aber, wischte verlegen die Hände an ihrer Jeans ab und sagte mit enttäuschter Stimme: „Du hast ja keine Ahnung. Für dich gibt es nur das Geknutsche und Gelaber in deinen Fernsehserien.“ Sie machte „pah“ und warf den Kopf in die Höhe, als wäre das unter ihrer Würde.

Wenn Krissi schmale Augen bekommt, dann ist Alarmstufe Rot.

„Ach ja, keine Ahnung“, schleuderte sie Vanessa ins Gesicht. „Ich sage dir, wer keine Ahnung hat. Das bist du! Und dein Klavierlehrer! Der muss Stöpsel in den Ohren haben.“

„Hat er nicht! Aber ich habe Tomaten auf den Augen gehabt. Deshalb habe ich auch nicht

gesehen, was für eine doofe Freundin du bist!"
Ich hatte Vanessa noch nie so schreien gehört.

„Bitte, hört auf!", versuchte ich die zwei zu beruhigen.

„AUFHÖREN! Sofort!!"

„Hältst du zu ihr oder zu mir?", herrschte Vanessa mich an. Ich warf Krissi einen langen, Hilfe suchenden Blick zu.

Vanessa drängte uns aus dem Wohnzimmer. „Ich muss weiterüben!", sagte sie. „Lasst mich in Frieden! Ihr versteht einfach nichts davon."

Mir war zum Heulen. Ich mag solchen Streit nicht. Warum muss das so sein?

Hinter uns knallte die Haustür zu. Als wir auf die Straße traten, begann das Geklimper wieder.

„Die hat wohl einen Sprung in der Schüssel!", plusterte sich Krissi auf. „Sie ist wohl vom Klavierhocker gefallen und hat sich den Kopf angehauen."

„Lass sie", sagte ich schwach.

„Findest du dieses falsche Gehämmere vielleicht schön?"

Nein, fand ich nicht. Aber Streit fand ich noch schlimmer.

Herr Kiska hatte etwas aus dem Kofferraum

seines Autos geholt und winkte uns zu. „He, Mädchen, um elf geht es los. Sagt Vanessa Bescheid!“

„Nein!“, knurrte Krissi grimmig. „Wir fahren ohne sie. Sie soll das Klavier weiter foltern. In Kürze bricht es ohnehin zusammen.“

Es geht los

Es war noch Zeit bis elf Uhr. Ich ging in mein Zimmer und wollte Vanessa etwas schreiben. Bald war mein Schreibblock leer und mein Papierkorb voll. Ich hatte auf jedes Blatt einen Satz geschrieben, war aber mit keinem zufrieden gewesen. Blatt abreißen, zerknüllen und ab in den Papierkorb. Und nächster Versuch.

Mir fiel nichts ein, was ich wirklich gut gefunden hätte. Sollte ich schreiben: Was ist bloß in dich gefahren? Das hörte sich an wie von meiner Mama. Oder: Werde wieder normal! Wenn sie das las, würde sie das Gleiche tun wie ich. Zettel zerknüllen und in den Papierkorb damit.

Ich verstand Vanessa einfach nicht. Da sie eine meiner beiden besten Freundinnen ist, war das besonders schlimm. Von einer wirklich gu-

Eine ausgewachsene Schreibhemmung ...

ten Freundin denkst du, du weißt, wie sie ist. Aber in Vanessa hatte ich mich wohl völlig getäuscht.

Wieso war sie auf einmal so versessen, Klavierspielen zu lernen? Und warum machte sie sich vor, dass das jämmerliche Geklimper sie zum zukünftigen Konzertstar machte?

Schließlich habe ich doch eine kleine Botschaft geschafft. Da nur Krissi Geheimnachrichten zu Vanessa schicken kann, musste ich den Zettel unter der Haustür durchschieben. Falls ihn jemand anderer als Vanessa fand, machte das nichts. Niemand würde verstehen, was gemeint war.

Geheimbotschaft Nr. 3, vorn im Umschlag

Ich fand die Nachricht gut. Ich selbst mag es sehr, wenn jemand zu mir sagt: Ich brauche dich. Darum hoffte ich, auch Vanessa würde sich geschmeichelt fühlen und nicht mehr sauer sein.

Während der ganzen Fahrt redeten Herr und Frau Kiska nur über die Gartenausstellung. Krissis Mutter war in dem Gartenclub, der einen Teil der Ausstellung gestaltete.

„In unserer Anlage könnt ihr eine Weltreise machen“, schwärmte Frau Kiska. „Wir haben einen chinesischen Garten, einen japanischen, einen hawaiianischen“ – der interessierte mich schon mehr – „einen Alpengarten, einen schwedischen Garten, einen italienischen Garten …“ Ihre Aufzählung dauerte, bis wir die nächsten drei Ampeln hinter uns hatten.

Krissi und ich taten so, als würden wir begeistert zuhören, und nickten immer wieder. Abwechselnd murmelten wir „Toll, echt? Wow!“

Wir sind normalerweise nicht so. An diesem Sonntag waren unsere Gedanken jedoch woanders. Zu einem kleinen Teil noch immer bei Vanessa. Und zu einem großen Teil bei diesem Drachen, den wir finden sollten. Ich gehöre nicht zu den tollen Helden, und deshalb verursachte dieses Monster mir Bauchschmerzen.

Im Vorbeifahren sahen wir das Zirkuszelt. Es war schmutzig weiß und hatte blaue Streifen aufgemalt. Die Gartenausstellung lag ein Stück weiter, und ich war froh, dass wir nicht gleich zu den Zirkustieren gingen.

So viele blühende Blumen und Pflanzen wie in der Ausstellung habe ich noch nie gesehen. In der Luft lag ein schwerer, süßer Duft. Der „Weltgarten“, den Frau Kiska und ihre Freunde aus dem Gartenclub angelegt hatten, war so groß wie zwei Fußballplätze. Nein, ich glaube vielleicht sogar so groß wie vier Fußballplätze.

Sie hatten kleine Seen und Bäche angelegt

und einen künstlichen Berg, auf dem Edelweiß und Enzian blühten. Durch den chinesischen Teil führten viele kleine rot lackierte Brücken und im japanischen Garten gab es große Flecken, die mit hellem Kies bestreut waren, in den mit einem groben Rechen Muster gezeichnet waren.

Der Hawaii-Garten bestand aus Pflanzen mit fleischigen Blättern, kleinen Palmen, einem Feld mit Ananas und einem Strauch, von dem trompetenförmige weiße Blüten hingen.

Frau Kiska und die anderen aus dem Club stießen spitze Schreckensschreie aus, wenn sie einen Grashalm entdeckten, der an einer Stelle wuchs, an die er nicht gehörte. Vorsichtig, um nichts zu zerstören, stöckelte dann immer einer von ihnen hin und riss ihn aus.

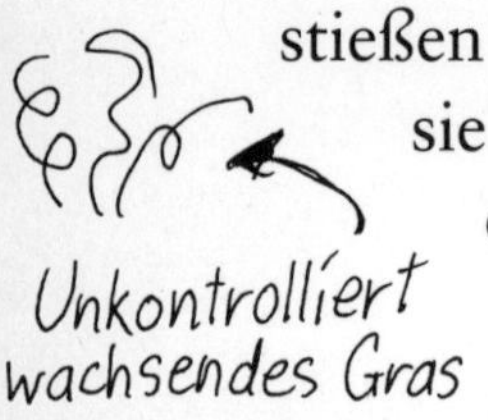

Krissi und ich standen auf einer der rot lackierten Brücken und kamen uns ziemlich überflüssig vor.

„Ich habe eine Kamera mit!“ Krissi klopfte auf ihre Umhängetasche. „Wir könnten uns an die Arbeit machen.“

Eigentlich hatte ich wenig Lust dazu. Wenn sich ein Drache in ein anderes Tier verwandeln

Ein Dokument unserer Weltreise

kann, kann er sich auch zurückverwandeln. In meinem Kopf lief immer wieder ein Film ab, in dem genau das geschah und ich in sieben hungrige Mäuler auf einmal blickte.

Trotzdem hatte Krissi ja Recht. Wir sollten schon morgen die Fotos zu Alexa bringen. Es war besser, wenn wir uns an die Arbeit machten. Als wir Herrn Kiska sagten, wir wollten zum Zirkus gehen und uns ein wenig umsehen, war er sofort einverstanden und gab uns sogar Geld für die Karten mit.

Ein Trampelpfad führte über eine strohige Wiese zu dem Platz, auf dem sich die Zirkusleute niedergelassen hatten.

Rund um das Zelt waren einige weitere kleine Zelte aufgebaut. Die Wohnwagen waren nicht aus Holz mit halbrunden Dächern, wie man das oft im Film sieht, sondern ganz normale Campingwagen. Für die Tiere waren Gehege aus Stangen und Latten errichtet worden.

Die Wohnwagen waren so aufgestellt, dass sie die Sicht auf die Gehege nahmen. Ein großes Schild verriet den Grund.

Tierschau täglich! – stand darauf und daneben der Preis für den Eintritt.

Außer uns war noch niemand hier. Neben dem Zelteingang war ein kleines Häuschen aufgestellt, in dem eine muffige Frau mit dicken Oberarmen hockte. Wortlos reichte sie uns zwei zerknitterte Karten und strich das Geld ein, das Krissi ihr durch die Öffnung in der Glasscheibe zuschob.

Ich sah, wie Krissis Hände zitterten, als sie ihre kleine Kamera aus der Jackentasche holte. Ich war also nicht die Einzige, die Bauchschmerzen hatte.

„An die Arbeit“, sagte sie. Sie sagte es wie

eine der drei Agentinnen aus der Fernsehserie, in der die Mädchen selbst dann, wenn sie ins Meer stürzen und wieder auftauchen immer noch tadellos frisiert sind. Ich möchte gern wissen, wie die das machen. Meine Haare sehen schon bei drei Regentropfen aus wie eine Klobürste.

Die Tierschau war winzig. Ich meine, es gab einfach nicht viele Tiere. Doch sie hatten geräumige Gehege. Es sah nicht aus, als hätten sie es nicht gut.

Die „sagenhafte" Tierschau

Wir sahen zwei Ziegen, die uns sehr neugierig beäugten und sofort zum Gitter kamen. Wahrscheinlich hofften sie auf Futter. Es gab vier Ponys mit glänzendem Fell und seidigen Mähnen, zwei Pferde, zwei Trampeltiere (bin ganz sicher, dass es Trampeltiere waren. Sie hatten nämlich zwei Höcker!), vier Hunde, die sich um einen Ball balgten, der längst keine Luft mehr hatte, und zwei Hängebauchschweine.

Meine absoluten Lieblinge waren die Hängebauchschweine mit ihren dicken, nachdenklichen Falten im Gesicht, den kleinen, wachen Augen und dem schiefen Grinsen rund ums Maul.

Krissi knipste und knipste. Kam ein Tier aber näher, wich sie sofort zurück.

„Du brauchst keine Angst zu haben“, rief eine fröhliche Stimme.

Angela

Angela – fit wie ein Turnschuh

Von einem Wohnwagen mit gelb-rot gestreiftem Vordach kam ein Mädchen auf uns zu, das zwei oder drei Jahre älter war als wir. Sie trug ein ausgeleiertes T-Shirt und türkisfarbene Leggins und ging wippend wie eine Feder.

Ich finde jeden dünner als mich, denn ich bin – hmm, na ja, – etwas kräftig. Ich kann nicht behaupten, dass ich meine Speckröllchen mag, aber sie wollen einfach nicht weggehen.

Das Mädchen hatte eine Figur, wie ich sie mir immer wünsche: kein bisschen Speck und trotzdem nicht dürr.

„Ich bin Angela“, stellte sie sich vor und lächelte uns strahlend an.

Krissi streckte ihr die Hand entgegen und nannte ihren Namen. Ich stand hinter ihr und hob grüßend die Hand. Wenn ich jemanden nicht kenne, habe ich immer so einen kleinen Kloß im Hals.

Angela öffnete ein Gatter und kam hinter der Umzäunung der Tiergehege wieder hervor. Sie zwinkerte uns zu und machte auf der Wiese drei Überschläge.

Wow! Das würde ich auch gern können. Bei Angela sah es so leicht wie Fingerschnippen aus.

„Gehörst du denn zu diesem Zirkus?“, fragte Krissi.

Man musste kein Hellseher sein, um diese Frage zu beantworten.

Angela richtete sich stolz auf. „Mein Vater jongliert, meine Mutter ist die Schlangenfrau und führt die Ponys vor, und ich trete mit den Hunden auf. Kommt ihr in die Vorstellung?“

Wir nickten.

Angela musterte uns verschmitzt. „Wollt ihr schon eine kleine Vorstellung vorab?“

„Ja“, sagte ich schnell. Krissi kann manchmal nämlich sehr ernsthaft sein und nur noch an Monster denken. Für sie gibt es dann nichts anderes.

„Kommt mit!“ Angela führte uns durch das Gatter hinter den Wohnwagen. Auf dem Boden lagen zwei große blaue Turnmatten. Sie nahm zwei wacklige Klappstühle, die an den Wohnwagen gelehnt standen, und öffnete sie für uns. Mit einer einladenden Handbewegung forderte sie uns auf, Platz zu nehmen. Von den Tiergehegen her hörten wir aufgeregtes Bellen. Angela steckte zwei Finger in den Mund und pfiff hoch und schrill.

Drei der Hunde sprangen nun über die Umzäunung, ein kleiner weißer schlüpfte hingegen durch ein Loch.

Wedelnd kamen sie zu Angela gelaufen und setzten sich erwartungsvoll hin.

Angela stellte uns jeden einzelnen mit Namen vor. Der Schäferhund hieß Hannibal, der Pudel Leonardo, der struppige Mischling Vincent und der kleine weiße Flöckchen.

Danach begann Angela zu turnen. Turnen ist sehr untertrieben. Es war nicht wie im Turnunterricht in der Schule. Sie ging auf den Händen, sie schlug Räder, sprang einen Salto nach vorn und einen rückwärts. Bei ihr sah das alles nicht anstrengend aus. Ihr Körper war geschmeidig wie der einer Wildkatze.

Die Hunde warteten geduldig auf ihren Auf-

Bravo-unglaublich-toll!

tritt und wussten genau, wann sie an der Reihe waren. Flöckchen hopste durch die gegrätschten Beine, als Angela auf den Händen stand, der Schäferhund stellte sich als Hindernis auf, über das sie den Salto sprang. Der Mischling lief Slalom um ihre Beine, während sie auf den Zehenspitzen dahinschritt, und der Pudel sauste am Ende der Vorführung in ihre Arme und leckte ihr über das Gesicht.

Wir klatschten begeistert in die Hände.

„Du bist ein Talent“, sagte ich.

Angela war doch ein wenig außer Atem, strahlte aber über das ganze Gesicht. „Vor allem habe ich viel dafür trainiert. Und das Training hört nie auf. Jeden Tag muss ich üben, damit ich in Form bleibe. Paps bringt mir alle drei Wochen etwas Neues bei, aber bis ich es vorführen kann, dauert es immer Monate.“

Krissi starrte sie bewundernd an. „Macht dir das ewige Trainieren nichts aus?“

„Nein!“ Angela sagte es, als wäre ihr dieser Gedanke noch nie gekommen.

„Gehst du zur Schule?“, forschte Krissi weiter.

„Meine Eltern unterrichten mich. Zweimal im Jahr muss ich an einer normalen Schule eine Prüfung ablegen“, erklärte Angela.

Das klang nicht so toll.

„Hast du Freundinnen?“, wollte ich wissen.

„Im Zirkus bin ich das einzige Kind. Ich lerne oft andere Mädchen kennen. So wie euch. Wir bleiben aber höchstens eine Woche an einem Ort.“

Für Krissi und mich war es unvorstellbar, so zu leben. Neue Freundinnen kennenlernen und ein paar Tage später schon wieder verlieren. Nein, das wäre nichts für uns.

„Trotzdem macht dir das alles Spaß?“ Krissi konnte es nicht fassen.

„Oh ja!“ Angela nickte begeistert, und so wie sie es sagte, glaubte ich es sofort. „Ich mache das alles, weil es mir Freude macht. Sonst wäre ich nicht gut. Das hat Paps mir immer erklärt, und so ist es auch.“

Ihr Vater kam dann auch aus dem Wohnwagen und nickte uns zu. Er wirkte zerknittert, als wäre er gerade aufgestanden. „Immer fleißig, meine Angela“, lobte er.

Wir verabschiedeten uns, weil wir zu Krissis Eltern zurückmussten. Sie hatten schon ungeduldig auf uns gewartet, weil sie mit den anderen vom Gartenclub essen gehen wollten.

Danach besuchten wir die Zirkusvorstellung.

Es war kein riesiger Zirkus mit Trapez und Hochseil, sondern ein ganz kleiner. Wir saßen in der ersten Reihe und bekamen oft Sägespäne ins Gesicht. Ein Pony ließ sogar direkt vor uns seine Äpfel fallen.

Die Vorstellung war echt gut und Angela zwinkerte uns zweimal zu.

Klein, aber sehr fein

Unsere Straße lag schon im sanften Licht der Abendsonne, als wir heimkamen. Ich bedankte mich bei den Kiskas für den Ausflug und ging nach Hause. Als ich in mein Zimmer kam, klingelte die Glocke am Fenster Sturm.

Krissi schickte mir diese Nachricht:

Geheimbotschaft Nr. 4, vorn im Umschlag

Ich warf einen Blick auf den gläsernen Briefbeschwerer auf meinem Tisch. In seinem Inneren scheint eine weiße Fledermaus zu schweben. Alexa hat ihn mir gegeben und mir gesagt, wenn die Fledermaus flattere, müsse ich sofort zu ihr kommen.

Die Fledermaus flatterte nicht nur, sondern sie schwirrte mit den Flügeln wie ein Kolibri. Das bedeutete tatsächlich Alarmstufe Rot.

Noch heute Nacht

Alexa hatte uns hundertmal eingeschärft, niemandem von unserem Geheimnis und der lila Tür zu erzählen. Es gibt genügend Wesen in der Stadt, die absolut nicht begeistert sind, dass ihnen jemand auf die grünen schleimigen Finger schaut (ich meine, wenn sie gerade grüne schleimige Finger haben).

Wir haben unser Geheimnis auch immer für uns behalten. Aber was sollten wir jetzt tun? Wir mussten unbedingt so schnell wie möglich ins Rathaus und mit Alexa sprechen. Doch es war schon nach sechs, und unsere Eltern würden niemals erlauben, dass wir länger als eine halbe Stunde wegblieben. Ein Besuch bei Alexa würde bestimmt länger dauern.

Der einzige Ausweg, der mir einfiel, hieß Ben. Er war noch immer da und saß mit seinem Zeichenblock in unserem winzigen Garten. Mama war mit Felix beschäftigt, der mit seinem Freund eine Dose weißen Lack gefunden hatte. Die beiden hatten begonnen, sich gegenseitig damit zu beschmieren, bis sie wie gefleckte Gespenster aussahen. Einen Putzlappen in einer Hand und eine Flasche mit Lackentferner in der anderen, versuchte Mama Felix nun unter großer Anstrengung zu reinigen.

Ich lief zuerst zu Krissi, die die gleichen Sorgen hatte wie ich, und erzählte ihr von meinem

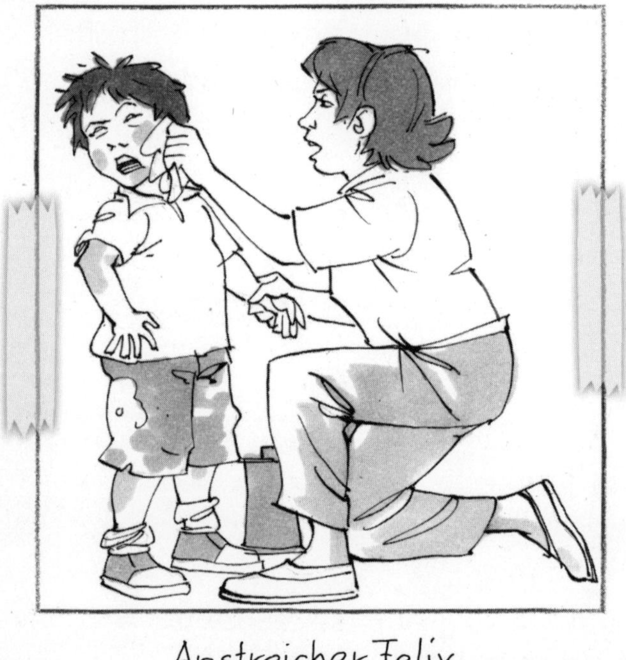

Anstreicher Felix

Ben-Plan. Sie überlegte kurz und war einverstanden. Ben gehörte zu den Erwachsenen, die manchmal bereit waren, keine blöden Fragen zu stellen.

Aber was war mit Vanessa? Ihr Bronze-Troll hatte sie bestimmt auch alarmiert. Krissi war nicht bereit, ihr eine Nachricht zu schicken, deshalb klingelte ich bei den Reininghaus'.

Wanda öffnete mir. Im Hintergrund war das elende Klaviergeklimper zu hören.

„Vanessa kann nicht hinaus. Sie übt Klavier", näselte Wanda mir entgegen. Sie streckte ihre kleine Kartoffelnase in die Höhe und erklärte: „Sie will wohl so gut spielen wie ich. Aber das wird sie nie schaffen. Unser Klavierlehrer sagt, ich habe sogar mehr Talent als Susanna."

„Was gibt es?" Frau Reininghaus war aus einer Tür getreten und sah mich mit ihrem typischen freundlichen, aber kühlen Blick an.

„Äh ... es geht ... um dieses Projekt für Kunst", sagte ich gedehnt.

„Das möchte ich gerne einmal sehen", sagte Frau Reininghaus.

„Geht nicht. Noch nicht. Um es fertigzustellen brauchen wir Vanessa."

Wanda krähte: „Vanessa! Bix ist da.“

Die falschen Klaviertöne verstummten. Vanessa trat aus dem Wohnzimmer. Ihr Gesicht war hart und abweisend.

„Was gibt’s?“, fragte sie und ließ keinen Zweifel daran, dass ich unerwünscht war.

„Wir brauchen dich“, begann ich. „Und es tut mir leid wegen der rosa Kugeln. Du hast Recht, sie passen nicht.“

Vanessas böser Blick verwandelte sich in Verwunderung. Sie verstand nicht, wovon ich redete. Wie sollte ich es ihr sagen, wenn ihre Mutter und Wanda daneben standen.

„Bitte, komm mit!“, beschwor ich sie.

„Nein!“, sagte Vanessa, drehte sich um und verschwand.

Wanda sah ihr nach und schaute mich dann erstaunt an. Ich kam mir ziemlich dumm vor.

„Habt ihr Streit?“, fragte Frau Reininghaus.

Ich murmelte etwas, das alles heißen konnte, und ging. Wir drei hatten schon einige Male Streit gehabt. Doch es war anders gewesen. Niemand von uns war so böse auf die anderen gewesen. Vanessa würde nie wieder mit uns reden. Ob sie überhaupt noch bei Alexa mitmachte?

Wenn sie nicht kam, würde Alexa bestimmt sehr sauer werden. Vielleicht warf sie uns dann alle drei hinaus.

Das war unfair. Krissi und ich wollten für sie weitermachen. Nur weil Vanessa plötzlich den Klavier-Wahnsinn hatte, musste das doch nicht heißen, dass wir …

„Halt, Bix!“, sagte ich streng zu mir. Ich sah wieder einmal Gespenster. Noch war alles nicht so schlimm. Auf jeden Fall mussten wir zu Alexa und wir brauchten Bens Hilfe.

„Erfüllst du mir einen Wunsch?“, fragte ich ihn vorsichtig.

Er sah mich etwas verwundert an. „Kommt darauf an.“

„Bitte, sag, du hast eine kurze Überraschung für Krissi und mich. Fahr uns zum Rathaus! Du brauchst sonst nichts zu tun, darfst aber auch nicht verraten, wo wir waren.“

Ben brachte nichts so leicht aus der Ruhe. Er lächelte freundlich, legte seinen Block zur Seite und antwortete nur: „Ich vertraue dir, dass es kein Unsinn ist.“

Ich nickte ernst.

Krissi kam mit einigen Blatt Papier aus dem Haus. Auf der Fahrt zeigte sie mir die Fotos, die sie von den Tieren im Zirkus geknipst hatte. Sie waren mit einer Digitalkamera aufgenommen, die keinen Film mehr braucht und mit der man die Bilder über den Computer ausdruckt.

Ben war wirklich toll. Ich beschloss, ihm zum Geburtstag etwas richtig Großartiges zu kaufen. Auf der Fahrt fragte er kein einziges Mal, worum es eigentlich ging.

Wir waren unvorsichtig und betraten beide das Rathaus miteinander durch den hinteren Eingang. Der ist immer offen, weil sich dort ein Polizeiwachzimmer befindet.

Im Gewölbe im Keller schleuderte uns Alexa als Erstes ein „Lahme Enten“ an den Kopf, als wir eintraten.

„Wir haben getan, was wir konnten“, verteidigte ich uns.

„Und wo hat sich die Dritte versteckt?“, forschte Alexa nach.

Krissi kniff die Lippen zusammen. Sollten wir verraten, dass Vanessa das Klavierspielen wichtiger war?

„Sie muss diese Pfeife zusammenbauen. Nur sie kann euch retten!“

Krissi und ich wurden hellhörig. „Was soll das heißen?“

„Der Drache wird sich noch heute Nacht zurückverwandeln!“

„Nein!“, riefen wir beide. Wir hatten weniger Angst um uns selbst als um Angela und die anderen Artisten im Zirkus. Sie hatten doch keine Ahnung von der Gefahr.

„Hast du Bilder?“ Alexa winkte ungeduldig mit der Pfote. Krissi gab ihr die Fotos und Alexa sprang damit vor den Spiegel. So schnell hatte ich sie noch nie sich bewegen gesehen.

Bild für Bild zeigte sie dem Spiegel. Über das Glas zogen Schäfchenwolken auf einem blauen Himmel.

Der Spiegel war diesmal gut aufgelegt, und sobald ein Foto hingehalten wurde, erschien das Tier zwischen den Wolken. Die Hunde zum Beispiel sprangen herum und der kleine weiße hob ein Bein.

Schließlich hatte Alexa alle Tiere durch. Bei keinem hatte der Spiegel einen Drachen gezeigt.

„Ihr habt die falschen fotografiert“, warf uns Alexa vor.

„Mehr Tiere gibt es nicht im Zirkus!“, protestierte Krissi heftig.

Alexa und ihr Superspiegel
(tolle Aufnahme)

Wackelnd wie ein Pinguin watschelte Alexa auf und ab, eine Pfote auf den Rücken gelegt.

„Es gibt eine Katastrophe, wenn das Vieh seine wahre Gestalt annimmt und nicht sofort ins Versteck zu den anderen gebracht wird“, jammerte sie. Ihre freie Pfote sauste in unsere Richtung: „Und es ist alles nur *eure* Schuld.“

Wir fühlten uns richtig elend.

Mein Blick fiel auf ein Pergament, das auf dem wackligen Holztisch lag. In großen geschwungenen Buchstaben war etwas von einem siebenköpfigen Drachen daraufgeschrieben. In der Mitte einer Zeile prangte in großen Ziffern ein Datum. Ich las weiter und erfuhr, dass es das Datum war, an dem der Drache seine wahre Gestalt annahm.

„Alexa“, meldete ich mich vorsichtig.

Fahrig fuchtelte sie herum. „Halt die Klappe, wenn ich denke!“

Nein, ich hielt sie nicht. Auch wenn ich mir bestimmt Ärger einhandelte. Was ich zu sagen hatte, war wichtig.

Das Verhör

„Der Drache taucht erst in einer Woche auf. Das steht jedenfalls hier!“ Ich deutete auf das bräunliche Pergament.

„In einer Woche?“ Alexa schoss federnd in die Höhe und landete mit einem Knall auf dem Tisch, der gequält ächzte. Sie strich das Pergament glatt und klopfte mit den Schwimmhäuten darauf. „Tatsächlich. Habe mich wohl verrechnet.“ Sie sah uns beiden abwechselnd in die Augen. „Bleibt euch also noch genug Zeit, um herauszufinden, als welches Tier er sich getarnt hat.“

Wir atmeten erleichtert auf.

Da es sonst nichts zu besprechen gab, verabschiedeten wir uns.

„Und wagt es nicht mehr, ohne Chips zu kommen, oder wollt ihr, dass ich verhungere?“, rief uns Alexa nach.

Wir nickten nur und verließen das Gewölbe. Erst als wir im Gang standen, bemerkte ich, dass ich meine Jeansjacke drin vergessen hatte. Also trat ich noch einmal durch die lila Tür.

Alexa war nicht mehr zu sehen. Ich hörte nur ein Rascheln und das Geräusch von Chips, die zerkaut wurden. Die Kröte hockte in einer offenen Truhe, die randvoll mit Chipstüten war. Zwei hatte sie bereits aufgerissen und schüttete sich den Inhalt in das weit geöffnete breite

Also wirklich!

Maul. Als sie mich aus den Augenwinkeln bemerkte, sagte sie mit vollem Maul: „Muss meine Nerven beruhigen. Deshalb darf der Vorrat nie ausgehen."

So wie Alexa möchte ich auch gerne sein: nie um eine Ausrede verlegen.

Der Montag begann traurig. Wir drei gehen normalerweise gemeinsam zur Schule.

An diesem Montagmorgen aber ging Vanessa nicht mit uns. Ihr Vater nimmt jeden Morgen Wanda und Susanna im Auto zur Schule mit. Zum ersten Mal seit langer Zeit ist Vanessa auch mitgefahren.

Krissi hat getan, als würde ihr das nichts ausmachen. „Soll sie doch", hat sie gesagt. „Wir kommen auch ohne sie zurecht."

Ganz ehrlich, ich glaube Krissi kein Wort. Sie riskiert immer die große Lippe, meint es aber nicht so. Auch jetzt wollte sie sicher nur nicht zugeben, dass sie vielleicht etwas gesagt hatte, was ihr mittlerweile schon leidtat.

Am Abend habe ich in meinem Zimmer in mein Tagebuch geschrieben:

Das Schlimmste, wenn man auf jemanden sauer ist, ist die Sackgasse, in der man steckt.

Zuerst spinnt der eine, dann gibt es mit ihm Streit und alle sind aufeinander böse. Keiner will den ersten Schritt machen.
Jeder sagt, er sei unschuldig.
Und nichts ändert sich.

ES IST NICHT ZUM AUSHALTEN!

Ich habe auf dem Weg zur Schule versucht, Krissi umzustimmen. Aber sie hat einen Dickschädel, der diese Saurier, die immer mit den Köpfen aufeinander losgegangen sind, bestimmt vor Neid hätte blass werden lassen. (Ich muss Felix einmal fragen, ob Saurier überhaupt blass oder rot geworden sind. Da ist er Experte. Wenigstens zu irgendetwas ist er zu gebrauchen.)

Leider dürfen wir nicht alle drei zusammensitzen. Unsere Lehrer meinen, wir würden dann zu sehr schwatzen. Also sitzen Vanessa und ich nebeneinander und Krissi zwei Reihen weiter vorne.

Vanessa benahm sich wie die Prinzessin auf der Erbse. Sie saß einfach nur da und tat, als gäbe es mich gar nicht. Ihre Lippen waren dünn wie ein Strich, ihr Gesicht ganz hart, wie manchmal bei ihrer Mutter.

Himmel! Ich mag das nicht. Dreimal habe ich versucht, mit ihr zu reden, und dreimal hat sie sich weggedreht und getan, als hätte sie mich

Ich sitze neben einem Eisberg
brrrrr

gar nicht gehört. Dann habe ich aufgegeben. Gut habe ich mich dabei aber nicht gefühlt.

Am Dienstag war es genauso und am Mittwoch ebenfalls. An beiden Tagen konnten wir nicht zum Zirkus, weil einfach keine Zeit war. Langsam aber wurde es knapp.

Mittwochnachmittag, ich brütete gerade über Mathe, schrillte die Glocke neben meinem Fenster. Über den gespannten Draht kam ein Briefchen von Krissi. Sie faltet die Zettel immer klein zusammen und umwickelt sie mit Draht. Oben biegt sie eine Schlaufe und auf der rutscht das Päckchen dann zu mir herüber.

Geheimbotschaft Nr. 5, vorn im Umschlag

Klang ziemlich angriffslustig, aber der Vorschlag gefiel mir trotzdem. Nur: Wie stellte sich Krissi das vor?

Am Fenster stehend bedeutete mir Krissi, ich solle nach unten kommen. Ich war nicht böse darüber, dass ich die Mathehausaufgaben beiseitelegen konnte.

Wir traten zur gleichen Zeit auf die Straße. Krissi rieb sich die Hände, als wollte sie beginnen, Holz zu hacken.

„Ich weiß, wie er aussieht“, erklärte sie grimmig. „Er muss gleich auftauchen.“

Sie hatte noch nicht ausgesprochen, da bog ein Mann auf einem Mofa um die Ecke. Er stieg ab und zog den Helm vom Kopf. Darunter kam ein rotes Gesicht zum Vorschein. Eine schmalzige Locke hing dem Klavierlehrer in die Stirn.

Der Klavierlehrer

„Hallo, Sie!“ Krissi winkte ihm zu. Er drehte sich zu ihr und wirkte nicht sonderlich erfreut. „Meine Mam will mit Ihnen sprechen. Wegen Klavierstunden.“

Der Mann verzog den Mund zu einem Lächeln. Krissi führte ihn ins Haus. Ich folgte den beiden.

„Du willst also auch Klavierspielen lernen?“,

fragte der Mann, als wir in der Diele der Kiskas standen.

„Nein“, erklärte Krissi knapp. „Nicht im Geringsten. Ich will wissen, wieso Sie Vanessa einreden, dass sie Klavierstar werden kann.“

Der Lehrer wich zurück, als hätte Krissi die Tollwut.

„Das habe ich ihr nicht eingeredet“, verteidigte er sich. „Sie will besser werden als ihre Schwestern. Vanessa ist die fleißigste Schülerin, die ich je erlebt habe.“

Ein ganz klein wenig tat mir der Klavierlehrer leid. Er stand mit dem Rücken zur Wand und blickte uns abwechselnd an. Über seiner Oberlippe bildeten sich Schweißtröpfchen.

„Es klingt fürchterlich, wenn Vanessa das Klavier quält!“, erklärte Krissi.

„Ich sage nicht Nein, wenn jemand dreimal die Woche Stunden haben möchte. Davon lebe ich schließlich!“

Das Gesicht des Mannes war noch röter geworden und die Locke auf der Stirn zitterte.

„Warum klingt es so schaurig, wenn Vanessa spielt?“, bohrte Krissi weiter.

Energisch stieß sich der Lehrer mit dem Rücken von der Wand ab.

„Ich lasse mich doch nicht von zwei Gören verhören!“, schimpfte er, schob mich unsanft zur Seite und stapfte aus dem Haus.

Mit Möhren verhören ha ha

„Gören verhören!“, äffte ihn Krissi nach. „So ein Lackaffe! Der zieht den Reininghaus’ nur das Geld aus der Tasche und sie merken es nicht einmal.“

Das kümmerte mich weniger als die Frage, warum Vanessa unbedingt besser Klavier spielen wollte als ihre Schwestern. Vanessa war viel lieber in Karate gegangen und dabei supererfolgreich.

Was war nur in sie gefahren?

Drachenbrillen

„Wir müssen zum Zirkus!“, sagte Krissi, nachdem der Klavierlehrer geflüchtet war.

Sie hatte Recht. Aber wie sollten wir dorthin kommen? Ben konnten wir nicht bitten, weil er bis zum Wochenende fort war.

Um mit dem Bus hinzufahren, war es schon viel zu spät.

Wir traten in den Garten hinaus und hätten beide um ein Haar einen Herzinfarkt erlitten. Zu unseren Füßen sprach jemand mit tiefer, quakender Stimme: „Euch gibt es tatsächlich noch!“

Krissi und ich sprangen jede auf eine andere Seite und schnappten nach Luft.

Zwischen den Blumen mit den fedrigen Blättern, auf die Mama besonders stolz ist, hockte

Alexa, die Pfote lässig auf eine niedrige Gartenlampe gestützt.

„Ihr macht euch rar. Bringt wohl nichts weiter!", sagte sie streng.

Wir schwiegen, denn Alexa hatte es auf den Punkt gebracht.

„Hört mal, ihr Drückeberger: Wenn ich euch etwas auftrage, dann will ich es auch erledigt haben!" Sonst war sie muffig, manchmal sogar richtig unverschämt, diesmal aber war sie echt wütend.

„Du stellst dir das so einfach vor", sagte Krissi ausweichend.

Oh, oh, die war vielleicht drauf!

„Ihr seid zu dritt, also teilt euch die Arbeit einfach auf!“, polterte Alexa weiter.

Wir wechselten einen betretenen Blick. Wie lange sollten und konnten wir Alexa noch etwas vormachen?

Die Krötenhand wurde in die Höhe gereckt. In den Schwimmhäuten hielt Alexa drei Hornbrillen mit dicker Fassung. Als wir nicht sofort zugriffen, wackelte sie ungeduldig.

„Für euch! Habe ich vergessen, euch zu geben. Der Drache ist nämlich nicht sichtbar. Was er allerdings anrichtet, ist sehr bemerkbar. Mit diesen Brillen werdet ihr ihn sehen können.“

Die Gläser waren blassrosa getönt, und als wir einen Blick durchwarfen, schienen die Pflanzen und Bäume rund um uns zu leuchten, als wären sie aus Neon.

„Samstagabend um acht erwacht der Drache“, sagte Alexa mit drohend gesenkter Stimme. „Das Schicksal der Stadt liegt in eurer Hand!“

Ich hoffte, dass sie übertrieb.

Donnerstag konnten wir wieder nicht zum Zirkus. Krissi musste zum Zahnarzt und ich in den Kindergarten, weil Felix dort von einem anderen Kind gebissen worden war. Die Wunde war nicht schlimm, trotzdem wollte die Erzieherin, dass ich mit Felix zum Arzt ging.

Wieder daheim legte ich Felix sein Lieblingsvideo ein. Er rollte sich auf dem Sofa vor dem Fernseher zusammen und guckte, ohne zu bemerken, dass ich das Haus wieder verließ.

Mir war alles egal. Ich wollte jetzt mit Vanessa reden. Das Schmollen hatte doch keinen Sinn.

Susanna, ihre große Schwester, öffnete, als ich klingelte. Susanna sieht auf jeden herab. Ich wette, wenn sie den Weltmeister im Hochsprung trifft, der um drei Köpfe größer ist, sieht sie auch auf ihn herab. Susanna schafft das.

Ich wollte schon nach Vanessa fragen, als mir einfiel, dass sie Donnerstagnachmittags beim Karatetraining ist. Also sagte ich: „Ich wollte zu Vanessa, hatte ganz vergessen, dass sie ja heute Karate hat.“

„Nein, hat sie nicht!“, antwortete Susanna, als würde man das in der ersten Klasse lernen.

„Hat sie Klavierstunde?“ Vanessa hat angedroht, Karate für das Klavier sausen zu lassen.

„Nein, auch nicht.“

Ich bin wirklich geduldig, aber in diesem Augenblick hätte ich Susanna am liebsten an den Fußknöcheln gepackt, umgedreht und so lange geschüttelt, bis sie mir endlich verriet, wo Vanessa steckte. Leider funktioniert so etwas nur in Zeichentrickfilmen. Also musste ich geduldig weiterfragen: „Wo ist sie dann?"

Susanna zuckte mit den Schultern. „Weiß ich doch nicht."

Wanda kam herbeigehüpft und begann hinter Susanna seilzuspringen. „Ich weiß es, ich weiß es!", krähte sie.

„Wo?", fuhr ich sie an.

Beleidigt zog sie einen Flunsch. „Sag ich dir nicht."

Vanessa musste bei diesen zwei Schwestern Nerven wie Drahtseile haben.

Eine Tür im Flur ging auf und Vanessa kam von unten herauf. Als sie mich sah, wollte sie einfach weiter, ohne mit mir zu reden.

Bix, dein Auftritt!, sagte ich zu mir und rief besonders fröhlich: „Hey Vanessa! Hallo!" Ich drängte mich an Susanna vorbei und eilte auf Vanessa zu.

Sie schaute mich sehr überrascht an, aber ich kümmerte mich nicht darum.

„Du wolltest mir etwas in deinem Zimmer zeigen“, sagte ich eindringlich und hoffte, Vanessa würde verstehen. Ich wollte mit ihr ungestört reden.

„Komm mit“, antwortete Vanessa betont lustlos.

Sie schloss die Tür hinter uns und sah mich argwöhnisch an. Eine Faust hielt sie geschlossen. Was versteckte sie darin?

„Wir sind Freundinnen“, erinnerte ich sie. „Und Freundinnen erzählen einander alles.“

„Freundinnen beschimpfen einander normalerweise nicht und machen einander auch nicht runter“, erwiderte sie.

Ich nickte zustimmend. Sie hatte recht.

Eine lange Pause entstand. In dem großen Vogelkäfig hüpften die Wellensittiche von Stange zu Stange und gaben vergnügte Laute von sich. Vanessa hat sie der Einfachheit halber Nummer Eins bis Nummer Fünf getauft.

Leise und traurig sagte Vanessa schließlich: „Ich habe kein Talent zum Klavierspielen.“

„Nein, das stimmt doch nicht“, wollte ich sie trösten.

„Bix, flunkre nicht!“ Sie winkte ärgerlich ab. „Ich weiß es selbst. Ich bin nicht schlechter als

Vanessa die Siegerin?

viele andere, aber auch nicht besser, und es macht mir nicht die geringste Freude."

„Und warum tust du es dann?", platzte ich heraus.

Vanessa lehnte mit verschränkten Armen neben dem Käfig. Sie deutete auf ein Regal, auf dem sich ein Pokal an den anderen reihte.

„Die habe ich alle gewonnen. Bei Karatewettkämpfen."

„Du bist wirklich gut!"

Sie lächelte verlegen.

„Ich wollte immer etwas anderes machen als Wanda und Susanna. Musik höre ich gerne, aber ich will kein Instrument spielen. Karate habe ich begonnen, weil Mam es so ‚brutal' fand. Paps hat es mir erlaubt, und mir hat es von Anfang an viel Spaß gemacht."

Schweigend hörte ich ihr zu. Vanessa musste großen Kummer haben. Krissi und ich hatten immer nur gedacht, dass sie spinnt. Doch es war viel mehr.

Alles wieder gut?

Es klingelte an der Haustür. Wir hörten, dass geöffnet wurde und dann Wandas Stimme: „Sie ist oben. Bix ist bei ihr!“

Vanessa lief aus ihrem Zimmer und sah durch das Treppenhaus hinunter in die Diele. Als sie zurückkam, trottete Krissi hinter ihr her. Sie nickte mir grüßend zu und tat so, als hätte sie sich nur im Haus geirrt.

Ich war froh und erleichtert. Wir konnten doch noch Freundinnen sein. Echte Freundinnen spüren nämlich, wenn die anderen sie brauchen, und sie sind auch nicht zu feige, sich einmal zu entschuldigen.

Im Augenblick sah Krissi aber noch nicht danach aus. Mit trotzigem Gesicht ließ sie sich in Vanessas Reissack fallen. Das ist dieses Sitzding, das man sich mit dem Hinterteil jedes Mal neu zurechtrücken muss.

Ich saß auf der Bettkante, Krissi saß im Reissack und Vanessa hatte wieder ihren Platz am Vogelkäfig eingenommen. Doch keine von uns dreien sagte etwas. Jede wartete darauf, dass die andere begann. Schließlich wurde mir das zu dumm.

Trotzkrissi

„Echt schön, dass wir wieder alle beisammen sind."

„Sülz nicht herum", giftete mich Krissi an, doch ich ließ mich davon nicht beeindrucken.

„Vanessa hat gerade zu erzählen begonnen, warum sie Klavierspielen lernen möchte", fuhr ich fort und fasste gleich zusammen, was sie schon gesagt hatte.

Verständnislos schüttelte Krissi ihren Kopf. „Da komme ich nicht mit. Es macht dir keine Freude und trotzdem tust du es?"

„Es ist ... weil ... Wanda und Susanna sind richtig gut am Klavier. Wanda besonders, obwohl sie noch gar nicht lange lernt. Immer höre ich von Mam und allen Verwandten, was ich doch für talentierte Schwestern habe. Kommt Besuch, spielen die zwei immer vor und bekommen Applaus." Vanessa atmete schnaufend. Ihr Geständnis schien ihr schwerzufallen. „Mein Karate gilt gar nichts. Das ist nur so ein Tick, den sich die verrückte Vanessa in den Kopf gesetzt hat. Darüber wird nur gelächelt."

Jetzt verstand ich.

„Ich wollte auch etwas machen, wofür ich gelobt werde. Etwas, was Mam und alle Tanten und Onkel bewundern. Deshalb wollte ich am

Klavier auch besser werden als Wanda und Susanna."

Vanessa starrte auf ihre Schuhspitzen.

„Aber die zwei haben doch ziemlichen Vorsprung", bemerkte Krissi vorsichtig.

„Weiß ich. Und außerdem ist das Klavier absolut nicht meine Sache. Ich bin nicht die Beste. Daher kann ich es gleich bleiben lassen!" Mutlos ließ Vanessa die Schultern sinken.

Mir fiel Angela ein. Sie machte ihre Kunststücke gerne und nahm deshalb auch das anstrengende Training auf sich. Und sie war gut. Bei Vanessa und Karate war es nicht anders. Vanessa trainierte mit Begeisterung und war gut.

„Ich glaube, es klappt nicht, wenn man etwas tut, nur um Beste zu sein", sagte ich zaghaft. Ich wollte nicht, dass sie wieder beleidigt war.

Sie sah mich lange an und ich fürchtete, sie wäre schon wieder eingeschnappt.

„Ja, glaube ich auch", sagte sie schließlich. Traurig schüttelte sie den Kopf. „Trotzdem ist es unfair, dass immer nur Wanda und Susanna gelobt werden."

Krissi grinste. „Du musst deiner Verwandtschaft eben vorführen, was du kannst. Schleudre deine Tanten durch die Luft!"

Vanessa grinste bei dieser Vorstellung. „Keine üble Idee. Mam würde dann aber bestimmt das strafende Gesicht aufsetzen."

„Sind wir wieder gut?", fragte ich die anderen.

„Klar", erwiderte Krissi großzügig. Dabei hätte diese Antwort viel mehr von Vanessa kommen müssen.

Sie zwinkerte uns zu und streckte den Daumen in die Höhe. Ich stand auf, streckte die Arme aus und dann gab es eine Dreier-Umarmung mit anschließendem Hände-in-der-Luft-Zusammenklatschen.

In der anderen Hand hielt Vanessa noch immer etwas versteckt.

„Was hast du da?", fragte ich.

Sie öffnete die Finger und zeigte ein Ding, das aus vielen kleinen Messingröhrchen, Klappen, Knöpfen und Zahnrädchen bestand.

„Das ist die Drachenpfeife. Ich bin heute nicht beim Karatetrainig, um sie endlich zusammenzubauen."

Da wusste ich, dass wirklich alles wieder in Ordnung war.

Wir sind die Größten!!

Freitagnachmittag war es endlich so weit. Krissis Mutter musste wieder in die Gartenausstellung und nahm uns alle drei mit.

Die Tierschau des Zirkus' war geschlossen, da gerade eine Vorstellung lief und die Tiere auftraten. Wir liefen am Zaun entlang zur Rückseite des Zeltes und warteten. Von drinnen kam die Musik, die bei Angelas Auftritt gespielt wird. Das Publikum klatschte begeistert in die Hände, als sie fertig war. Der Schlitz in der Wand des Zirkuszeltes ging auf und eine verschwitzte Angela kam mit den vier Hunden ins

Freie gelaufen. Sie erkannte uns sofort und winkte begeistert.

„Ich gehe mich schnell umziehen“, rief sie. „Lauft nicht fort!“

Ein paar Minuten später war sie zurück. Noch immer war ihr Haar sorgfältig aufgesteckt und von einem goldenen Netz überzogen. Für die Vorstellung war sie geschminkt und hatte sich Lidstrich und Lidschatten auch jetzt nicht abgewischt. Das Schönste an ihr aber war ihr strahlendes Gesicht.

Wir stellten Vanessa vor und Angela freute sich sehr, sie kennenzulernen.

„Wollt ihr Limo?“, lud sie uns ein.

Wir saßen hinter ihrem Wohnwagen an einem wackligen Campingtisch. Angela musste immer wieder weg, da sie noch bei anderen Nummern mitmachte und außerdem noch beim Wegtragen von Sachen helfen musste. Für die Schlussparade zog sie wieder ihr Glitzertrikot an.

Wir nützten die Zeit und sahen uns unauffällig um.

Die Tiere aus der Tierschau waren alle unverdächtig, wie wir vom Spiegel wussten. Wo also sollte sich der Drache verstecken?

„Wenn er sich in eine Fliege verwandelt hat,

die auf den Pferdeäpfeln herumkrabbelt, finden wir ihn nie", stöhnte Krissi.

Angela trug Jeans und einen weiten Pulli, als sie sich endlich mit einem zufriedenen Seufzer zu uns setzen konnte.

„Schön, dass ihr mich besuchen kommt!", sagte sie lachend. „Ich dachte schon, ich sehe euch nie wieder." Sie musterte Vanessa und fragte: „Machst du auch Akrobatik? Du siehst ziemlich durchtrainiert aus."

Bescheiden wiegte Vanessa den Kopf. Groß anzugeben war nicht ihre Sache. Stolz erzählten wir Angela, wie gut Vanessa war.

„Du musst einmal bei uns auftreten und etwas vorführen", schlug sie spontan vor. „Die Jungen würden es bestimmt lieben. Die finden meine Nummer mit den Hunden zwar niedlich, aber mit zu wenig Action."

„Mal sehen", wich Vanessa aus.

Ich machte mir im Geiste eine Notiz: „Vanessas Auftritt im Zirkus. Muss sie unbedingt daran erinnern."

Nur den Drachen hatten wir noch immer nicht entdeckt. Die Zeit wurde knapp.

Gefunden

Weil wir nicht nur herumsitzen wollten, halfen wir beim Füttern der Tiere. Bonzo, der Clown, zeigte uns, wie man mit drei Bällen jonglierte. Bei ihm sah es kinderleicht aus, bei mir landeten die Bälle immer auf dem Boden. Erst als er mir drei federleichte Tücher gab und ich es damit versuchte, klappte es besser.

Angela bürstete das Fell der Hunde, die sich auf der Wiese gebalgt hatten und voller Kletten waren. Auf einmal fiel mir etwas ein, was wir bisher noch nie gefragt hatten. Ich hockte mich neben sie.

„Du, Angela, außer den Tieren hier, gibt es noch andere bei euch?“

Diese Frage schien Angela zu überraschen. „Lustig, dass du das wissen möchtest. Haustiere haben wir normalerweise nicht. Das sind unsere Zirkustiere. Aber vor ein paar Wochen

ist mir eine Katze zugelaufen. Ein schönes Tier. Ich zeige es dir.“

Schnell winkte ich Krissi mitzukommen. Sie hatte wieder von ihrem Bruder die Kamera ausgeborgt und musste unbedingt ein Foto der Katze machen.

Der Wohnwagen war viel größer, als er von außen wirkte. Angela hatte sogar ein eigenes kleines Zimmer. Dort, auf dem Sofa, das in der Nacht wohl zu einem Bett ausgezogen werden konnte, lag eine Katze mit langem, seidigem

Fell. Zusammengerollt schlief sie und öffnete nur ein Auge, als wir eintraten. Das Auge war

kupferrot und schien zu leuchten.

„Ist sie nicht wunderschön?“, fragte Angela.

Ja, die Katze war wunderschön, und sie schien es auch zu wissen. Eingebildet räkelte sie sich und suchte eine noch bequemere Stellung, um weiterzuschlafen. Die Sonne fiel durch das Fenster und das Fell schimmerte blaugrau und edel.

„Ich habe die Katze ‚Prinzessin‘ genannt. Sie benimmt sich nämlich genauso“, erzählte uns Angela.

Krissi knipste das Tier zweimal und zwinkerte mir zu. Vanessa, die auch mitgekommen war, raunte: „Ich wette, das ist er.“

Aus der Hosentasche zog sie die komische Pfeife, steckte das flache Mundstück zwischen die Lippen und blies hinein. Die Töne, die herauskamen, waren hoch und dudelnd. Nicht schön, aber auch nicht falsch.

Der Kater lieferte sofort den Beweis für seine wahre Gestalt. Er riss die Augen auf und funkelte Vanessa zornig an. Fauchend drohte er mit den ausgefahrenen Krallen.

Prinzessin ??!!!

Wir drei wechselten einen schnellen Blick. Es war alles klar. Wir hatten ihn gefunden.

Und jetzt?

Die Idee, die mir kam, musste ich sofort ausführen, ohne sie vorher mit Krissi und Vanessa abzusprechen. Ich begann mit dem Zeigefinger auf mein Kinn zu tippen und nachdenklich zu sagen: „Die Katze sieht aus wie Smokey.“

Angela sah mich erstaunt an. „Du kennst die Katze?“

„Ich weiß sogar, dass sie entlaufen ist, weil sie einer Tante von mir gehört.“

„Ehrlich wahr?“

Ich nickte mit ernstem Gesicht. Krissi öffnete schon den Mund, um mich zu fragen, was ich da redete. Vanessa war schneller von Begriff und versetzte ihr einen Rippenstoß.

„Wo hast du sie denn gefunden?“, wollte ich wissen.

Angela nannte einen kleinen Ort in der Nähe.

„Genau dort ist Smokey entlaufen“, rief ich begeistert. „Tante Martha hat sich die Augen ausgeweint. Sie wird es nicht glauben können, wenn ich ihr die Katze zurückbringe.“

„Bist du wirklich ganz sicher?“, erkundigte sich Angela.

„Hundertprozentig!“ Ich weiß, es war geflunkert. In diesem Fall gab es aber keine andere Möglichkeit. Wir konnten Angela die Katze nicht einfach wegnehmen. Bleiben konnte sie aber auch nicht. Durch meine Geschichte würde Angela immer denken, sie hätte etwas wirklich Gutes getan.

„Darf ich sie gleich mitnehmen?“, fragte ich. „Wir fahren morgen zu meiner Tante und ich bringe ihr die Katze.“

„Na gut!“ Gerne willigte Angela nicht ein, das war ihr anzumerken.

Die graublaue Katze krallte sich auf dem Überzug des Sofas fest, als ich sie in die Höhe hob. Vanessa blies ein wenig auf der Pfeife und die Töne machten die Katze sanfter. Als ich den Wohnwagen verließ, gestand Angela, dass ihre Eltern die Katze nie sehr gemocht hatten. „Beide haben behauptet, mit Prinzessin stimme etwas nicht."

Vanessa, Krissi und ich lächelten. Wenn Angela wüsste!

„Und wenn es doch nicht die Katze deiner Tante ist?", rief sie mir nach.

Ich versprach, in diesem Fall Smokey sofort zurückzubringen.

Wir hatten den Drachen gefunden. Krissi brachte am späten Nachmittag das Foto heimlich zu Alexa und zeigte es dem Spiegel.

Sie war noch blass, als sie heimkam. Über den Draht kam diese Nachricht.

Geheimbotschaft Nr. 6, vorn im Umschlag

Das beruhigte mich wirklich sehr. (Scherz!)

Der Kater hatte es sich auf meinem Kuschelsofa zwischen den Stofftieren bequem gemacht und schnurrte. Es war aber kein gewöhnliches Schnurren, sondern ein raues, blechernes Rasseln.

Noch bevor er sich verwandelte, mussten wir ihn zu dem Versteck bringen, von dem Alexa gesprochen hatte. So konnte er kein Unheil anrichten. Alexas Schilderungen über seine Wildheit klangen mir noch in den Ohren.

In dieser Nacht schlief ich nicht in meinem Bett. Mein Zimmer überließ ich ganz dem Drachen-Kater. Ich wette, jeder versteht das. Es war

ER ist das wahre Monster!

sehr unbequem, aber die einzige Möglichkeit: Ich übernachtete in der Badewanne.

Geweckt wurde ich bereits um halb sechs von einer eiskalten Dusche. Felix hatte aufs Klo gemusst und mich in der Wanne entdeckt. Und was tut ein kleiner Bruder in einem solchen Fall?

Erraten: Er dreht die Dusche über mir auf. Natürlich nur das kalte Wasser, das bei uns am Morgen wirklich eisig ist.

Felix konnte sich gar nicht einkriegen vor Lachen. Ich überlegte, ihn zum Drachen ins Zimmer zu sperren und dort auf die Rückverwandlung zu warten.

Aber bei meinem Glück in diesen Dingen würde der Drache Felix wahrscheinlich sofort wieder ausspucken!

Es wird knapp

Samstag war schulfrei. Wer aber denkt, wir hätten es aus diesem Grund einfacher mit dem Drachen gehabt, der irrt ganz gewaltig.

Es gibt echt Tage, da läuft so ziemlich alles daneben. Und genau so ein Tag war dieser Samstag.

Am Morgen musste ich ein Verhör durch Mama über mich ergehen lassen. Sie wollte unbedingt wissen, wieso ich denn in der Badewanne geschlafen hatte. Außerdem gab es eine lange Strafpredigt wegen der Katze, die ich – ohne zu fragen – mit nach Hause gebracht hatte. Felix hat nämlich eine Katzenhaarallergie. (Zu niesen hat er aber erst begonnen, als er von der Katze erfahren hat. Vorher war er genauso unausstehlich wie immer.)

Das Wichtigste war die Antwort auf die wichtigste Frage der Welt. Zuerst wollte ich Krissi anrufen, ließ es dann aber bleiben. So etwas konnte man nicht am Telefon besprechen. Eine Geheimbotschaft war da besser.

Geheimbotschaft Nr. 6, vorn im Umschlag

Eine Minute, nachdem Krissi die Botschaft erhalten hatte, klingelte unser Telefon. Felix hob ab. Ich hörte ihn in der Diele krähen: „Halli, hallo, wer sitzt aufm Klo?"

Willst du einem Zwerg wie ihm Freude bereiten, sage „Klo" oder einen anderen Begriff, der mit dieser Örtlichkeit zu tun hat. Schon grunzt er vor Vergnügen.

„Und wer ist Bix?", tönte es von unten.

Oh, dieses Monster. Ich bekam immer mehr Lust, ihn an den Drachen zu verfüttern. Mein Zimmer liegt im zweiten Stock, und da unser Haus sehr schmal und ein bisschen wie ein Turm ist, sind die Treppen steil. Schnell hinunterzulaufen ist nicht ratsam, denn es besteht höchste Stolpergefahr. Trotzdem tat ich es an diesem Unglückssamstag. Die Aktion endete wegen eines offenen Schuhbands auf dem letz-

Knapp überlebt!

ten Treppenabsatz. Ich bin natürlich auf den Schuhriemen getreten und Hals über Kopf die restlichen Stufen hinuntergeplumpst. Danach konnte ich nicht entscheiden, was mir am meisten wehtat: die Schultern, die Arme, die Knie oder die Beine. Ich war wie eine Murmel die Treppe hinuntergerollt. (Es soll sich jetzt niemand trauen, Witze über meine Figur zu machen. Ich habe fast zwei Kilo abgenommen!)

Trotz meines Sturzes konnte ich Felix den Telefonhörer aus der Hand reißen.

Es war Krissi. Atemlos sprudelte sie hervor: „Ich habe vergessen, Alexa zu fragen. Hole es sofort nach."

Daraus wurde aber nichts. Krissis Mutter wollte am großen Eröffnungstag der Gartenschau alle ihre Lieben um sich haben. Krissi konnte nicht daheimbleiben, ihre Mutter wäre tödlich beleidigt gewesen.

Ich aber konnte auch nicht zu Alexa, denn Mama bestand darauf, mit mir zum Arzt zu gehen. Sie kannte Schauergeschichten von inneren Brüchen, die man zuerst nicht bemerkt, die aber Leute später in der Mitte auseinanderknicken lassen – oder so ähnlich.

Innere Brüche – mordsgefährlich!

Blieb noch Vanessa. Das heißt, sie blieb nicht. Krissis Mutter hatte Frau Reininghaus nämlich überredet, ebenfalls mit der ganzen Familie zur Gartenschau zu kommen.

Vor der Abfahrt tauchte Vanessa noch bei mir auf und drückte mir die Drachenpfeife in die Hand.

Meine Drachenbrille hatte ich zur Sicherheit immer dabei.

„Aber was soll ich …?“, fragte ich hilflos.

Krissi und Vanessa zuckten ratlos mit den Schultern, während sie von Frau Kiska ins Auto gestopft wurden. Meiner Mama, die mich auch gerade in ihrem Wagen verstaute, rief sie zu: „Und nach dem Doktor sofort zur Gartenausstellung kommen.“

Mama nickte und versprach dann, es zu versuchen.

Um es kurz zu machen: Aus dem Versuch wurde nichts. Mama hatte also Recht behalten.

Ich hatte mir in meinem Fuß einen Knochen gebrochen, von dem ich noch nie gehört hatte. Der Arzt wollte vorerst keinen Gips anlegen, verordnete mir aber für das Wochenende absolute Ruhe.

„Auftreten verboten“, schärfte er mir mit erhobenem Zeigefinger ein und guckte dabei durch seine übergroße Brille, die ihn wie einen Frosch aussehen ließ.

Auf einem Bein hüpfend bin ich nach oben in mein Zimmer, wo sich die Katze noch immer zwischen meinen Kuscheltieren räkelte. Als ich mich auf das Bett fallen ließ, öffnete sie gelangweilt die Augen und fuhr beim Strecken die Krallen aus.

Sie sah bedrohlich aus.

Es war kurz vor Mittag. Bis zum Erwachen des Drachen blieben noch acht Stunden Zeit. Die Gartenausstellung musste längst eröffnet sein, und Vanessa und Krissi kamen bestimmt bald zurück.

So tröstete und beruhigte ich mich.

Ich sagte es mir auch um ein Uhr noch vor.

Um zwei Uhr wurde ich zum ersten Mal unruhig. (Das ist eine glatte Lüge, da ich seit gestern Abend schon das große Zittern hatte, aber ich muss ja nicht alles zugeben, oder?)

Mama brachte mir Mittagessen und Limo und setzte sich zu mir ans Bett.

Fast ein wenig traurig lächelte sie die schlafende Katze an.

„So ein schönes Tier. Schade, dass wir sie nicht behalten können."

Mein einziger Gedanke war, wie wir das Tier loswerden konnten. Ich war wütend auf Krissi, die vergessen hatte, Alexa das *Wichtigste* zu fragen.

„Sind die Kiskas und die Reininghaus' schon zurück?", wollte ich von Mama wissen.

Sie streichelte mir über den Kopf, wie sie es früher immer getan hatte, wenn ich Fieber hatte.

„Nein, Schätzchen!" Das hatte sie auch schon lange nicht mehr zu mir gesagt. Dazu noch dieser mitleidige Blick. „Die Eröffnung dauert bis in die Nacht, und am Schluss gibt es ein großes Feuerwerk."

Als sie das sagte, muss ich von einer Sekunde auf die andere weiß wie die Wand geworden sein. Sie hat sich sofort erkundigt, was los sei.

Was sollte ich anderes tun, als „nichts" zu antworten?

Jetzt hing alles von mir ab. Ich hatte die Katze, ich hatte die Pfeife und in ein paar Stunden hatte ich einen siebenköpfigen Drachen im Zimmer, der laut Alexa ziemlich gefräßig war. Himmel und Hölle, was sollte ich nur tun?

Meine Zimmertür wurde zaghaft geöffnet und Ben steckte seinen Kopf herein. Ich gab ihm ein Zeichen, dass ich ihn dringend sprechen musste.

Mama war froh über die Ablösung und ging hinunter.

„Ich soll mal wieder etwas für dich tun, aber keine Fragen stellen“, sagte er, noch bevor ich einen Ton gesagt hatte.

„Du bist ein Hellseher“, lobte ich.

Der Unglücksamstag

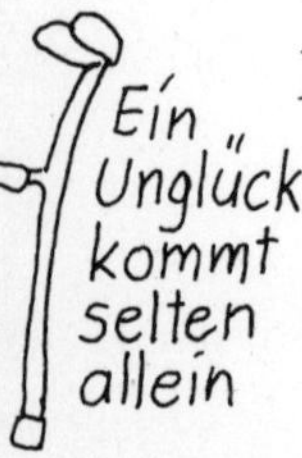

Mein Plan war, mich von Ben zuerst zu Alexa fahren zu lassen. Weil ich der Katze nicht traute, wollte ich sie einfach mitnehmen.

An Mama vorbei aus dem Haus zu kommen, war ungefähr so schwierig, wie einen Schleichpfad durch einen Tigerkäfig zu finden. Ben, der sie wirklich sehr, sehr gerne hatte, wusste, dass sie oft wie eine Glucke war, die ihre Küken am liebsten alle unter den Flügeln versteckt hätte.

Damit ich auf meinem kranken Fuß nicht auftreten musste, hatte Ben mir eine Krücke von sich gebracht. Nach einem Skiunfall hatte er sie ein paar Wochen lang benutzt.

Während er Mama in der Küche beschäftigte und mit ihr den Abend besprach, stahl ich mich aus dem Haus, um mich in seinem Auto zu verstecken.

Wie konnte es anders sein? Felix bemerkte mich und wusste sofort, dass ich etwas Verbotenes tat. Kleine Brüder haben dafür einen sechsten Sinn. Er öffnete den Mund, als wollte er nach Mama rufen. Mein scharfer Blick ließ ihn den Mund wieder schließen, ganz nahe zu mir kommen und drohen: „Ich schreie, wenn du mir nicht einen Fünfer gibst."

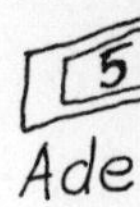

„Du spinnst ja", fauchte ich.

Bens Stimme in der Küche wurde lauter und deutlicher. Auf diese Weise wollte er mich warnen, dass er Mama nun nicht mehr lange hinhalten konnte.

Mir blieb nichts anderes übrig, als Felix fünf Euro zu geben. Das war mein Taschengeld für die ganze Woche. Grimmig beschloss ich, es mir wieder zurückzuholen.

Die Flucht glückte schließlich und endlich. Ben schob sich auf den Fahrersitz, startete und fuhr los. Ich ließ mich zum Rathaus bringen und fürchtete mich ein wenig vor den vielen Stufen in den Keller.

Aber schließlich musste ich selbst gehen und konnte nicht Ben schicken. Für ihn wäre die lila Tür bestimmt nicht aufgetaucht.

So quälte ich mich durch die Gänge und die

steile Treppe hinunter, die kein Ende zu nehmen schien. Endlich hatte ich Alexas Gewölbe erreicht, trat ein und stutzte.

Alexa war nicht da. Ich rief nach ihr und durchsuchte alles, aber sie war nirgendwo zu finden. Auf dem Tisch, auf dem das Pergament gelegen hatte, fand ich schließlich einen weißen Zettel mit Fettflecken. In zittrigen Buchstaben stand darauf:

Komme Dienstag wieder! Alexa

Meine Knie knickten fast ein. Ich zog den verletzten Fuß in die Höhe, sonst wäre ich aufgetreten. Das Gewölbe drehte sich um mich.

Was jetzt? Was jetzt? Was jetzt?

Humpelnd bewegte ich mich von einem Regal zum anderen und blätterte in den vielen Büchern, die dort stehen. Es war ungefähr so, als würde ich nach dem Satz „Oh, du gutschimutschi Lieblingsschwein“ in einer Bibliothek mit tausend Büchern suchen.

Schließlich gab ich auf und verließ das Gewölbe. Nicht einmal, wenn wir alle drei zusammen gesucht hätten, wäre es uns gelungen, etwas über das Versteck der anderen Drachen herauszufinden.

Im Auto saß Ben, die Katze auf dem Schoß,

und blickte mir lächelnd entgegen. Ich würde ihm nie vergessen, was er für mich tat, und vor allem, dass er keine neugierigen Fragen stellte.

Die Uhr in dem kleinen Turm über dem Eingang des Rathauses schlug bereits drei Uhr.

Fünf Stunden blieben uns noch.

Mir fiel nur noch ein Ausweg ein: die Gartenausstellung.

Ich musste Krissi und Vanessa finden und mit ihnen reden. Sie mussten mir helfen.

Ben versuchte, so nahe wie nur möglich an den Eingang der Gartenausstellung zu kommen, musste aber trotzdem weit davon entfernt parken. Die Fahnen, die über den Kassen wehten, waren klein wie Taschentücher.

„Warum hast du eigentlich die Katze mitgenommen?“, wollte er wissen.

Gute Frage. Ich konnte sie ihm nicht beantworten. Ich wusste aber, dass wir die Katze auf keinen Fall im Wagen lassen sollten. Vielleicht fraß sich das Vieh durch das Blech. Ich traute ihm alles zu.

Ben beugte sich ins Auto, um nach der Katze zu greifen. Die aber schlüpfte zwischen seinen Händen durch und sprang ins Freie. Ich wollte mich auf sie stürzen, trat dabei mit dem verletz-

ten Fuß auf und spürte einen stechenden Schmerz, der vom Fuß bis in den Scheitel reichte. Ich stöhnte auf und kippte zur Seite. Diesen Augenblick nützte die Katze und sprang davon.

Noch immer behielt Ben die Ruhe. Er hob mich auf und setzte mich auf den Fahrersitz, die Beine im Freien. Von hier konnte ich ihn beobachten, wie er auf allen vieren zwischen den Wagen herumkroch und die Katze zu finden versuchte. Er dachte, dass sie sich unter einem der parkenden Wagen versteckt hätte.

Mir fiel die Drachenpfeife ein. Ich holte sie heraus und blies hinein. Die Töne, die aus ihr kamen, verursachten mir eine Gänsehaut, so falsch und schaurig waren sie.

Die Drachen-Katze aber kümmerte sich überhaupt nicht darum.

Ich musste jetzt mit Vanessa und Krissi reden. Während Ben noch immer unter jedes Auto blickte, hinkte ich zum Eingang der Gartenschau und flehte die Dame an der Kasse an, Vanessa und Krissi über die Lautsprecher auszurufen.

„Warum denn, Kindchen?“, fragte sie.

Auf Drachensuche

Mir fiel keine bessere Ausrede ein als zu sagen: „Sie haben meinen Ausweis eingesteckt."

Die Dame überlegte eine Weile, wieso mich ein Ausweis denn so verzweifelt machen konnte. Schließlich brummelte sie „Aha" und bat mich um die Namen meiner Freundinnen.

Nachdem sie Vanessa und Krissi ausgerufen hatte, verging eine halbe Ewigkeit, bis die beiden keuchend an der Kasse auftauchten. Ich musste nichts sagen, sie wussten sofort, dass etwas geschehen war.

Nach langem Hin und Her entschieden wir uns dafür, einfach abzuwarten. Wir hatten keine andere Chance. Unsere Rettung könnte die Drachenpfeife sein, doch sie funktionierte ganz offensichtlich nur bei dem Drachen und nicht bei seiner Katzengestalt.

Krissi lief los, um Ben zu suchen, und entdeckte ihn unter einem Auto. Er hatte sich eingebildet, ein graues Etwas in einen Motor kriechen gesehen zu haben, und hatte von unten nachsehen wollen, ob er recht hatte. Krissi bat ihn, Mama und Felix zu holen, und der gute Ben – ich hoffe, es wird ihm bald ein großer Orden verliehen – stimmte zu.

Die Gartenausstellung war wie ein Meer aus bunten Blumen und blühenden Sträuchern. Es sah alles noch viel schöner als vor einer Woche. Krissis Mama platzte fast vor Stolz über den Welt-Garten, den sie mit ihren Freunden angelegt hatte.

Damit Vanessas Eltern auch bestimmt nicht vor acht Uhr am Abend nach Hause fuhren, hielt sich Vanessa einfach fern von ihnen.

Wir erlebten ohne Zweifel die schlimmsten Stunden unseres bisherigen Lebens.

Es war ein warmer Sommerabend, und zum Glück verstanden sich unsere Eltern ausgezeichnet. Sie saßen in einem Gastgarten und fanden es herrlich, einmal gemeinsam zu quatschen und zu feiern. Sogar die steife Frau Reininghaus taute ein wenig auf.

Wie hypnotisiert beobachteten wir die Zeiger der Uhr. Immer näher rückten sie dem Zeitpunkt, an dem der Drache erwachen sollte.

Und wenn er Menschen anfiel?

Und wenn er wild war, wie Alexa das beschrieben hatte?

Und wenn er …

Fünf vor acht.

Drei vor acht. Mein Herz hämmerte und ich schwitzte wie bei einem Zehn-Kilometer-Lauf.

Acht Uhr.

Rund um uns ging das Lachen und Reden weiter, als wäre nichts geschehen.

Doch es musste etwas geschehen sein. Die Katze war nicht länger eine Katze, sondern ein Drache mit sieben Köpfen.

Wir liefen auf den asphaltierten Wegen herum, die von hohen und niedrigen Gartenleuchten in allen Formen, die man sich nur denken kann, erhellt wurden. Das Feuerwerk war für neun Uhr angesetzt.

Eine ganze Stunde suchten wir. Da ich auf meinen Krücken nicht mehr humpeln konnte, schoben mich Vanessa und Krissi in einer Schubkarre. Es war einfach unfassbar peinlich.

Und dann ging es los. Das Feuerwerk. Die Raketen schossen pfeifend zum Himmel, wo sie in Hunderte grelle Lichtpunkte zerplatzten. Die Beete der Ausstellung wurden alle paar Sekunden anders gefärbt.

Krissi bemerkte es als Erste. Sie stieß mich an und deutete auf einen langen Streifen, der ganz bestimmt voll Margeriten gewesen war. Wir konnten uns alle drei an das Meer aus weißen Blumen mit den gelben Staubgefäßen erinnern.

Margeriten (Schluck)

Davon war aber nichts übrig. Die Blumen waren fort. Nicht einmal von den Blättern war etwas geblieben.

Wir hörten es alle drei im selben Augenblick: Es war ein Geräusch, als würden mehrere Gärtner gleichzeitig mit großen Gartenscheren dünne Äste abzwicken.

Ich deutete zum anderen Ende des langen

Was für ein megapeinlicher Auftritt!

Feldes, wo es noch ein wenig weiß leuchtete. Von Sekunde zu Sekunde wurde es weniger.

Die Feuerwerksraketen tauchten die Landschaft rund um uns in immer neue Farben.

Gleichzeitig fiel uns ein, dass wir die Drachenbrillen nicht trugen. Gleichzeitig zogen wir sie heraus und schoben sie uns auf die Nase und gleichzeitig sahen wir den Drachen.

Rasenmäher mit Köpfen

Er war ungefähr halb so groß wie ein Rasenmäher, aber bestimmt viermal so schnell. Während der schuppige Körper mit dem langen Schwanz langsam vorwärtswatschelte, fraßen die sieben Köpfe alles ab, was sie erwischen konnten. Sie saßen an langen dünnen Hälsen und schnellten nach links und rechts, die Kiefer schnappten wie die Greifer von Felix' Spielzeugrobotern.

Zum Glück bemerkte außer uns niemand, was in der Gartenausstellung vor sich ging. Alle hatten den Kopf in den Nacken gelegt, starrten zum Nachthimmel und stießen bei jedem neuen Feuerwerkszauber ein bewunderndes Aaaaah oder Oooooh aus.

Wir drei waren zum einen erleichtert und zum anderen schockiert.

Der Drache fraß wenigstens keine Menschen,

dafür aber war sein Hunger auf dieses Grünzeug unglaublich.

Nachdem er das Blumenbeet abrasiert hatte (es sah danach aus wie die stoppelige Wange von Ben, wenn er sich drei Tage nicht rasiert hatte), stürzte sich der Drache sofort nebenan auf den japanischen Garten, der der ganze Stolz von Krissis Mama war. Vor allem die Bonsai-Bäumchen hatten es ihr angetan. Jedes einzelne war viele Jahre lang gehegt, gestutzt und gebogen worden, sodass es aussah wie ein großer Baum, aber eben in Miniaturausführung.

Bonsai klein, Bonsai fein.

Frau Kiska hatte geschildert, wie schwierig und aufwändig es ist, solche Bonsais zu züchten, wie viele Stunden Arbeit dahinterstecken und wie viel Mühsal.

Der Drache kümmerte sich darum wenig. Die sieben Köpfe vertilgten ein Bäumchen nach dem anderen, als wäre es Petersilie.

„Die Pfeife“, japste Krissi. Niemand würde uns verdächtigen, die Bäumchen abgenagt zu haben, aber wir wollten Krissis Mama den Kummer ersparen. Die Drachenpfeife war das Einzige, was helfen konnte. Ich holte sie aus der Tasche und lobte mich im Stillen, dass ich so klug gewesen war, sie mitzunehmen. Vanessa riss sie mir aus der Hand und pustete mit aller Kraft hinein.

Der schrille Ton wurde vom Krachen des Feuerwerks übertönt. Die Menschen hörten ihn nicht, der Drache allerdings schon. Gleichzeitig reckte er alle sieben Köpfe. Als Vanessa noch ein paarmal pfiff, ließ er widerwillig von den Bonsais ab und kam widerstrebend zu uns getrottet. Sieben gelbe Augenpaare funkelten uns vorwurfsvoll an. Mit kurzen Pfiffen hielt Vanessa den Drachen in Schach, während Krissi und ich uns nach einer Möglichkeit umsahen, ihn einzuschließen.

Ich bekam einen Schock, als ich plötzlich angesprungen wurde.

Nein, nicht vom Drachen. Ich glaube, das hätte mir an diesem Samstag den Rest gegeben. Es war Alexa, die auf einmal auf meinem Arm hockte.

Mit gequetschter Stimme, als bekäme sie keine Luft, presste sie heraus: „He, ich bin kein Kissen."

Nein, das war sie wirklich nicht. Dafür fühlte sie sich zu warzig an.

„Der Drache …", stotterte ich.

„Ich weiß, ich habe euch nicht gesagt, wohin mit ihm!“, gab Alexa zu. So einsichtig und gütig hatten wir sie noch nie erlebt. Sie hatte ein Halsband und eine Leine dabei. Beide waren aus Kupfer. „Ich bringe ihn jetzt selbst zu den anderen.“

„Wo sind die denn?“, wollten wir wissen.

Alexa deutete in die Richtung, in der wir aber nur Dunkelheit sehen konnten.

„Da gibt es diesen Platz, auf dem der Biomüll gelagert wird. Dort fühlen sich die Kleinen am

Ausnahmsweise mal als Retterin

wohlsten. Vor allem können sie fressen, bis sie umfallen. Die Leute denken, es entsteht auf natürliche Weise Kompost, dabei sind es die Drachen, die das Zeug gut verdauen und dann – na, ihr wisst schon."

Sie streckte die Pfote nach der Pfeife aus, die Vanessa ihr nur zu gerne überließ. Pfeifend hüpfte Alexa davon und führte den Drachen wie einen Hund an der Leine. Fassungslos starrten wir ihr nach.

Direkt über unseren Köpfen explodierte eine Rakete und verschoss Goldregen in den Nachthimmel.

Auf einmal stand Krissis Mutter neben uns, warf die Arme in die Höhe und rief: „Kinder, ist das nicht ein wunderbarer Abend?"

„Drachenfrei, das ist das Wichtigste!", entschlüpfte es Vanessa.

Frau Kiska warf ihr einen tadelnden Blick zu. „Sprich nicht immer so von deiner kleinen Schwester!"

Wir lachten alle drei los. Wenn Frau Kiska wüsste, welchen Drachen wir meinten! Na ja, sie würde es nie erfahren, auch wenn wir fast platzten, so gerne würden wir es erzählen. Doch es musste unser Geheimnis bleiben …

HALLO THOMAS!

Wolltest du schon immer Schriftsteller werden?
Zuerst wollte ich Tierarzt werden, aber ich habe beim Studium schnell erkannt, dass das kein Beruf für mich ist. Geschichten habe ich mir immer schon gerne ausgedacht und geschrieben habe ich auch gerne. Allerdings nicht in der Schule, denn meine Deutschlehrer waren immer nur auf Fehlerjagd. Geschrieben habe ich mehr für mich und durch viele Zufälle ist aus dem Hobby ein Beruf geworden.

Wie lange brauchst du für ein Buch?
Ganz unterschiedlich. An guten Tagen schaffe ich etwa zwanzig Buchseiten. Es gibt auch Tage, an denen ich nur wenig schaffe. Trotzdem setze ich mich immer hin. Ich höre übrigens immer mitten im Satz zu schreiben auf. Am nächsten Tag fällt das Anfangen dann viel leichter.

Erfindest du alles, was in deinen Büchern steht, oder recherchierst du viel?
Natürlich recherchiere ich, wenn es das Thema verlangt. Sehr gründlich. Das ist auch wichtig für mich, weil ich mich sonst beim Schreiben nicht sicher fühle. Zum Recherchieren bin ich schon U-Boot gefahren, durfte einmal als Flugschüler ein kleines Flugzeug steuern, habe einen Sturzflug miterlebt, Tierpfleger bei der Arbeit begleitet, lange

Gespräche mit Tierschützern geführt und viele Städte und Länder bereist. Die Geschichten selber entstehen natürlich in meiner Fantasie.

Woher nimmst du eigentlich deine Ideen?
Hm, das ist mir selbst ein Rätsel. Sie kommen ganz einfach. Ich ziehe Ideen an wie ein Magnet ... Ich halte Augen und Ohren weit offen und fange sie auf diese Weise ein. In meinem Kopf reifen sie dann. Manche ein paar Wochen, andere ein paar Jahre. Von tausend Ideen setze ich aber nur vielleicht dreißig um. Ich sammle ständig und überall. Oft genügt ein winziger Anstoß und auf einmal wächst daraus die Geschichte.

Entstehen deine Geschichten erst beim Schreiben am Computer oder hast du sie schon vorher ganz genau in deinem Kopf?
Mehr als zwei Drittel sind fertig, wenn ich mich zum Schreiben hinsetze. Ich notiere jede Idee in einen Mini-Computer, den ich immer dabeihabe, aber nur aus einigen werden dann Geschichten. Manchmal braucht das „Wachsen" ein paar Wochen, manchmal ein paar Jahre.

Was ist das für ein Gefühl, wenn man so bekannt ist?
Ich finde es toll, wenn ich Briefe und E-Mails von Lesern bekomme, die mir erzählen, wie viel Spaß und Spannung sie beim Lesen hatten. Das ist für mich ein wunderbares Gefühl. Schließlich schreibe ich nicht, um bekannt zu sein, sondern weil es für mich die tollste Sache der Welt ist.

Thomas Brezina

LESEPROBE

ICH KRIEG DIE KRISE!

Pssst! Unser Geheimnis
Band 24
von Thomas Brezina

BIX

Was mich in eine Krise stürzt:

Ein Blick in den Spiegel am Morgen.

Ein Blick in den Spiegel am Abend.

Ein Blick in eine Schaufensterscheibe, die wie ein Spiegel wirkt.

Ein Blick auf die Anzeige der Waage, obwohl diese kaputt sein muss. Ich kann niemals so viel wiegen!

Ein Blick in den Kühlschrank, wenn er entweder ganz voll oder ganz leer ist. Ist er voll, habe ich ein schlechtes Gewissen, weil ich am liebsten die Hälfte auffuttern würde. Ist er leer, krieg ich die Krise, weil mein Bauch rumort, als wäre ich gerade von einer Durchquerung der Sahara heimgekehrt und hätte mich unterwegs nur von Wasser und einer Scheibe Knäckebrot ernährt.

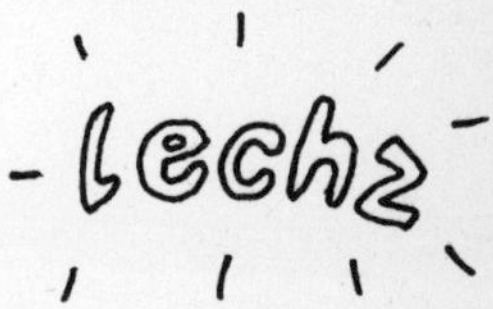

Ein Blick in meinen Kleiderschrank, denn dort hängt meine blaue Lieblingsjeans, deren oberer Knopf abgesprungen ist, vorwurfsvoll vor mir am Haken.

Ein Blick auf das Monster, das sich mein kleiner Bruder nennt, weil ich mich nicht entscheiden kann, ob ich ihn lieber herzen und drücken oder mit dem Kopf nach unten am Kirschbaum aufhängen und ihm langsam die Haut abschälen soll.

Ein Blick auf Wölfchen.

Iiiiiiiiii! Die absolute Megakrise!

Wie soll ich das aushalten? Er ist einfach so süß. Wölfchen gehört nicht zur Sorte der supersportlichen Angeber, sondern ist mehr so eine Art Teddybär, der ganz gut Fußball spielt. Ich mag seinen drolligen Gang. Kommt er auf mich zu, sieht er immer so zufrieden aus, als hätte er gerade seine Lieblingsspeise verdrückt. Und dann noch dieses Lächeln! Seine Mundwinkel berühren dabei fast die Ohren. In den letzten Tagen habe ich zu meiner Freude bemerkt, dass er mich angesehen hat. Bestimmt zweimal. Vielleicht sogar dreimal, aber der dritte Blick könnte auch dem großen Plakat für das Fußballturnier hinter mir an der Wand gegolten haben.

Wenn jedoch *ich* ihn anschaue, wendet er sofort seinen Blick ab. Leider.

Natürlich bin ich nicht verknallt in ihn. Absolut, völlig, ganz und gar nicht. Dass das bloß keiner denkt! Stimmt nämlich wirklich überhaupt nicht! Ich finde Wölfchen nur so schrecklich niiieeedlich!!!!!!!!!!

Nein, nein, absolut nicht! Nie!

Seufz! Ein Seufzer aus tiefster Seele.

Schluss mit dem Geseufze. Zurück zu etwas sehr Ernstem. Hier die Fortsetzung meiner derzeitigen Krisen. Ich krieg die Krise, wenn …

… ich meinen Mund aufmache. Das liegt an irgendeinem Mechanismus in meinem Kopf, der mich im falschesten Moment das absolut Falscheste sagen lässt.

… ich meine Freundinnen Vanessa und Krissi etwas völlig Harmloses frage und beide daraufhin grinsen.

Ja, das löst in mir zurzeit die Oberkrise aus. Wir drei, Vanessa, Krissi und ich, sind seit vielen Jahren beste Freundinnen. Wir wohnen in derselben Straße, wir erfinden ständig neue Geheimschriften, wir schicken uns verschlüsselte Botschaften, wir teilen ein Geheimnis der Sonderspitzenklasse und wir haben uns genauso oft zerstritten wie versöhnt. Da wir drei immer viel Spaß miteinander hatten, habe ich mir noch nie eine andere Freundin gewünscht.

Oh, ich arme Einsame

Genau das aber ist das Problem. Denn jetzt fühle ich mich ungefähr so wie die erste Astronautin auf dem Mond, nachdem das Raumschiff versehentlich ohne sie wieder zur Erde zurückgeflogen ist. Und das hängt mit den Krisen-Auslösern Nummer neun und zehn zusammen.

Also, vorgestern stand ich in der Schlange vor dem kleinen Kiosk unserer Schule, um mir eines dieser Brote mit Quark und bunten Paprikawürfeln zu kaufen. Sieht gut aus, schmeckt lecker und ist angeblich sogar gesund. Soll nicht einmal dick machen. Für mich also genau das Richtige.

Vor mir warteten noch einige. Mehr zufällig warf ich auch einen Blick hinter mich. Mir stockte gleichzeitig der Atem und das Herz blieb stehen: Da stand Wölfchen. Er kramte völlig gedankenverloren in seinem Geldbeutel.

Nach dem kurzen Stillstand begann mein Herz heftig zu pochen. Es kam mir so vor, als würde ein Zwerg in meinem Brustkorb stehen und mit einem Gummihammer mit aller Kraft gegen meine Rippen schlagen.

Bumm! Bäng! Bong!

Wölfchen sah auf, sein Blick tauchte direkt in meine Augen ein.

Seine sind graublau. Mit winzigen braunen Pünktchen.

Als er mich ansah, gab mein Gehirn einen Befehl an meinen Mund: Losreden! Jetzt oder nie.

Und das tat mein Mund.

Leider hatte er von meinem Gehirn keinerlei Informationen bekommen, was genau er reden sollte. Zu meinem Entsetzen hörte ich mich sagen: „Die roten Paprikastückchen sind ein bisschen bitter, die gelben schmecken süß, die grünen manchmal nach Gras, gemischt schmecken sie auf der Zunge wie Gummibärchen. Ich mag Gummibärchen, aber nur die farbigen. Die farblosen sind so, als würde man an einem Gummiring lutschen oder an einem Fahrradreifen kauen."

Wölfchen sah mich an, als wäre ich nicht normal. Er trat aus der Schlange, ohne mich dabei aus den Augen zu lassen. „Hab mein Geld vergessen", murmelte er. Er drehte sich um und rannte davon. Er flüchtete vor mir!

Mein Kopf fühlte sich wie ein heißer, mit Blut vollgepumpter Ballon an. Außer mir gab es bestimmt niemanden auf der ganzen Erde, der in so kurzer Zeit so viel Blödsinn reden konnte. Ich schämte mich entsetzlich!

Aber wenn Bix mal in einen kleinen Fettnapf tritt, dann wird daraus gleich eine ganze Badewanne voll

Schmierfett. Mein Mund stand noch immer nicht still. Ich rief zittrig: „Warte, Wölfchen!“

Beim Wort „Wölfchen“ blieb er stehen, als hätte ich ihn mit einer klebrigen Chamäleonzunge eingefangen. Die Schultern hochgezogen, warf er einen verstörten Blick in meine Richtung. Die Art, wie er mich anstarrte, war eindeutig: Wer ist die Wahnsinnige? Hilfe! Rettet mich vor ihr! Lasst sie in die nächste Klapsmühle einliefern!

Wölfchen heißt nämlich Marcus – mit „c“. Er hat natürlich keine Ahnung, dass er aussieht wie der süße Wolf in den Comics mit den drei kleinen Schweinchen. Deshalb nenne ich ihn heimlich Wölfchen.

Die hinter mir Stehenden gaben mir einen kräftigen Schubs, weil vor mir eine große Lücke entstanden war. Vor Verzweiflung biss ich mir in die geballte Faust. Falls ich in diesem Jahrtausend auch nur die geringste Chance gehabt hatte, mit Wölfchen einmal Eis essen oder sogar auf das Schulfest zu gehen, hatte ich sie eben für alle Zeiten verspielt.

Zum Trost leistete ich mir zum kerngesunden Paprikabrot einen Schokoriegel.

Leider ist das gelogen.

Es waren zwei Schokoriegel und eine Packung bunte Schokolinsen. Die brauchte ich einfach. Ein

Schokoriegel war sofort weg, als hätte ich ihn nicht gegessen, sondern eingeatmet. Die Hälfte der Schokolinsen war bereits vernichtet, als ich auf dem Schulhof Krissi und Vanessa traf.

Vanessa bemerkt immer sofort, wenn mit mir etwas nicht stimmt. Krissi nie.

„Wie läuft's denn so?“, wollte Vanessa wissen.

Nichts läuft. Es wird nie etwas zwischen Wölfchen und mir laufen, hätte ich am liebsten gesagt. Natürlich tat ich das nicht, denn die beiden haben keine Ahnung, dass Wölfchen Marcus ist und dass er mir irgendwie ein bisschen gefällt.

Ich habe in einer Zeitschrift beim Friseur gelesen, dass Unglück gerne im Dreierpack kommt. Normalerweise steht in diesen Blättern doch immer nur erfundener Schmus über irgendeine echte Prinzessin, die sich zum Beispiel darüber Sorgen macht, dass ihre kleine Tochter auf dem Hinterteil ein Hühnerauge bekommt. Aber leider ist an der Geschichte mit dem Unglück im Dreierpack etwas Wahres dran.

Nach meinem Anfall von Doofkopf-Gequassel ging Wölfchen auch noch knapp an mir und meinen Freundinnen vorbei über den Schulhof. Er entdeckte mich aus den Augenwinkeln und beschleunigte sofort seinen Schritt.

Heul!

Ich habe ihm bestimmt nicht nachgestarrt. Höchstens ein ganz klein wenig. Der Stoß von Krissis Ellbogen riss mich aus meinen tiefen, verzweifelten Gedanken.

Krissi und Vanessa wechselten einen wissenden Blick.

Und dann befolgte mein Gehirn Mams Rat. Sie sagt nämlich immer, dass ich mich nur für die Dinge interessieren soll, die mich im Leben voranbringen. Außerdem schärft sie mir ständig ein, Fragen zu stellen, wenn ich etwas nicht weiß. Also erteilten meine grauen Zellen meinem Mund den Auftrag, meine Freundinnen zu fragen: „Was sagt man zu einem Jungen, der irgendwie ... nett ist?"

Die Reaktion von Vanessa und Krissi: Erst ein breites Grinsen, dann lautes Gelächter! Sogar Vanessa schaffte es nicht, nur still in sich hineinzulächeln, und prustete los. Krissi klopfte sich auf die Schenkel, als hätte ich ihr einen richtig schmutzigen Witz erzählt.

Besten Dank. Genau das habe ich gebraucht!

Ich bekam keine Krise. Ich hatte sie nämlich schon längst – die Krise der Krisen.